검선마도

조돈형 新무협 판타지 소설

FANTASTIC ORIENTAL HEROES

劍仙魔刀

검선마도 5

조돈형 新무협 판타지 소설

초판 1쇄 찍은 날 § 2019년 5월 16일
초판 1쇄 펴낸 날 § 2019년 5월 23일

지은이 § 조돈형
펴낸이 § 서경석

총괄팀장 § 노종아
편집책임 § 김대용

펴낸곳 § 도서출판 청어람
등록번호 § 제387-1999-000006호
등록일자 § 1999. 5. 31
어람번호 § 제2-2790호

주소 § 경기도 부천시 부일로 483번길 40 서경B/D 3F (우) 14640
전화 § 032-656-4452 팩스 § 032-656-4453
http://www.chungeoram.com
E-mail § chungeorambook@daum.net

ISBN 979-11-04-91995-4 04810
ISBN 979-11-04-91930-5 (세트)

검선마도

조돈형 新무협 판타지 소설

FANTASTIC ORIENTAL HEROES

5

검선마도

제31장

일 하나 하시죠

'여긴 어디지?'

자신이 침상 위에 누워 있다는 것을 확인한 풍월이 천천히 몸을 일으켰다.

머리가 지끈거렸으나 견디지 못할 정도는 아니었다.

창가에 앉아 서책을 보던 중년인이 풍월의 움직임을 눈치채고 얼른 달려왔다.

"어지러우십니까? 오랫동안 누워 계셔서 그렇습니다. 조금 지나면 괜찮아질 겁니다."

"여긴 어딥니까?"

"개방의 악양 분타입니다."

"개방의… 아!"

풍월은 개방이라는 말에 고개를 갸웃거리다 곧바로 탄성을 내질렀다.

음양쌍괴와 싸운 뒤 정신을 잃기 직전에 자신 앞에 누가 나타났는지 기억난 것이다.

"외상은 며칠 지나면 금방 아물 겁니다. 다만 내상은 제가 어찌 손쓸 방법이 없어서 손을 대지 못했습니다."

중년인이 미안한 표정으로 말했다.

"무슨 말씀을. 한데 개방의 식구신지요?"

"하하! 아닙니다. 저는 인근에서 의원을 하고 있는 장양이란 사람입니다. 이곳 분타주와 친분이 있기는 하지만 개방의 식구는 아닙니다."

"그러시군요. 아무튼 감사합니다. 의원님 덕분에 살아난 것 같습니다."

풍월이 장양을 향해 진심을 담아 고개를 숙였다.

"아, 아닙니다. 외상이 심하기는 했어도 생명에는 큰 지장이 없었습니다. 오히려 애를 쓴 사람은 따로 있습니다."

"그게 누굽니까?"

대답은 장양이 아니라 문을 벌컥 열어젖힌 사람의 입에서 흘러나왔다.

"나다."

구양봉이었다.

이미 문밖에 있을 때부터 그의 기척을 눈치채고 있던 풍월이 환하게 웃었다.

"아! 피곤해 죽겠네."

거침없이 방으로 들어선 구양봉이 탁자 위에 놓인 주전자를 입에 대고 벌컥벌컥 물을 마셨다. 한데 퀭한 얼굴에 윤기가 좔좔 흐르던 피부마저 푸석푸석한 것이 며칠간 잠도 제대로 못 잔 사람 같았다.

"두 분 대화 나누시지요. 전 이만."

장양이 자리에서 일어나자 풍월과 구양봉이 거의 동시에 그를 향해 고개를 숙였다.

"몸은 괜찮냐? 언제 깬 거야?"

구양봉이 장양이 앉았던 의자에 털썩 주저앉으며 물었다.

"조금 전에. 근데 면상이 왜 그래? 의원 말로는 형님이 나 치료하느라 고생했다던데 그래서 그런 거야?"

"하긴 했지. 그런데 첫날 잠깐이었어. 뭐 조금 심각하기는 했지만 그렇게 걱정할 정도는 아니었고. 기혈이 뒤틀리려고 하는 걸 살짝 잡아준 정도였으니까."

기혈이 뒤틀리는 걸 바로잡는 일이 말처럼 결코 쉬운 일이 아니라는 걸 알기에 풍월은 구양봉이 자신을 치료하기 위해 꽤나 고생했다는 것을 알 수 있었다.

"암튼 고맙네. 그런데 첫날이라니? 그럼 나 며칠이나 정신을 잃고 있었던 거야?"

"오늘이 사흘째. 의원 말로는 정신을 잃었다기보다는 처잔다고 하더라."

"흐흐흐! 요즘 정신적으로 조금 피곤하긴 했지."

"어린놈이 피곤은. 그나저나 일은 제대로 마무리가 된 거냐?"

구양봉이 조금은 조심스러운 태도로 물었다.

항주에서 풍월과 결의형제를 맺은 구양봉은 화산에서부터 같이 다닌 은혼에 비해 함께한 시간은 고작 며칠밖에 되지 않았지만, 풍월이 은혼에게도 말하지 못하는 속마음까지 털어놓는 유일한 사람이었다. 그로 인해 은혼이 처음으로 서운함을 내비쳤을 정도였다.

"내 꼴을 보고도 그런 말이 나와?"

풍월이 인상을 확 구기자 구양봉이 키득거리며 웃었다.

"예의상 그냥 물어봤다. 그래, 어찌 된 거냐? 사정 얘기나 들어보자."

"들어볼 것도 없어. 그냥 뻔한 얘기야. 가문의 치부가 드러나는 건 싫고 내가 가진 천마도는 탐이 나고."

"너는 지금 널 공격한 자들이 서문세가라고 확신하는 거지?"

"당연한 거 아냐?"

"그게 당연한 게 아니니까 그렇지."

"뭔 소리야?"

풍월이 답답함을 참지 못하고 언성을 높였다.

"증거가 없어. 네가 서문세가로부터 공격을 받았다는 증거가."

구양봉이 깊은 한숨을 내쉬었다.

"증거가 없다니? 그게 말이 돼? 나한테 덤비다가 뒈진 놈이 몇인데."

풍월이 어이가 없다는 표정으로 말했다.

"뒈진 놈은 많지. 그런데 정말 증거가 없어."

"말도 안 돼."

"돼. 더 놀라운 걸 말해줄까. 놈들이 물러날 때 시신에 화골산(化骨散)을 들이붓더라. 화골산이 뭔지는 알지?"

풍월이 멍한 얼굴로 고개를 끄덕였다.

"그나마 남기고 간 시신은 워낙 훼손이 심해 제대로 알아볼 수 없었어. 그래도 혹시나 했지만 개방 제자 누구도 놈들을 알아보지 못했다. 한마디로 너를 공격한 것이 서문세가 놈들이라는 증거가 없는거야. 아, 신원이 확인되는 자들이 있기는 있었다."

"누구?"

"음양쌍괴. 내 그들의 정체를 알고 얼마나 기함을 했는지 모른다. 이십 년 전에 사라진 자들을 여기서, 그것도 시신으로 보게 될 줄을 누가 상상이나 하겠어. 뭐, 그나마도 나중에 도착한 분타주가 확인을 해줘서 알게 된 거지만. 그런데 네가 그들을 그 꼴로 만든 거지? 와! 미쳤다, 정말 미쳤어. 내 아우가 천하의 음양쌍괴를 염라대왕 앞으로 보낼 줄이야. 이 일이 세상에 알려지면 그야말로 난리가 날 거다. 무림이 발칵 뒤집힐걸."

혼자 흥분해 떠들어대는 구양봉과는 달리 풍월은 증거를 잡지 못한 것이 억울한 모양이었다.

"한두 놈만 사로잡았어도……."

풍월이 두 주먹을 피가 나도록 움켜쥐었다.

"그게 좀 미안한 일인데 어쩔 수 없었다. 애당초 무슨 상황인지도 모르고 달려간 거거든. 그냥 악양 외곽에서 수상한 움직임이 있다는 말만 듣고 움직이다가 묵영단 친구들을 만났으니까. 더구나 나를 따르는 개방 제자의 수도 몇 되지 않았고."

"오해하지 마. 형님 덕에 목숨을 건졌는데 내가 무슨 불평을 하겠어. 그냥 답답해서 하는 소리야. 그런데 놈들이 순순히 물러나긴 한 거야? 천마도 때문이라도 쉽지 않은 신대이었을 텐데."

"그게 나도 조금 의아하긴 해. 어느 정도 충돌은 각오를 했는데 그냥 물러나더라고. 놈들 개개인의 수준을 감안했을 때 만약 싸움이 났다면 함께 간 개방 제자들 중 대다수는 목숨을 잃었을 거다. 결과적으로 얼마나 다행인지……."

구양봉이 안도의 한숨을 내쉴 때 방문이 열리며 은혼이 들어왔다.

"아마도 후개를 알아봤기 때문일 겁니다."

"나를요?"

"예, 정확히는 이걸요."

은혼이 구양봉의 허리춤에 매달린 매듭을 가리켰다.

"천하의 어떤 세력도 개방의 후개를 함부로 공격하진 못합니다."

"거기에 패천마궁도 들어갑니까?"

구양봉이 은근한 어조로 물었다.

"물론입니다."

은혼의 대답에 구양봉의 어깨가 하늘로 치솟았다.

"들었냐? 형님의 위상이 이렇다."

"잘났네."

비웃음과 함께 간단히 대꾸한 풍월이 은혼에게 시선을 돌렸다.

"할머님은……."

"무사히 잘 모셨습니다. 걱정하지 마십시오."

"고맙습니다. 은 형과 묵영단 덕분에 이번에도 위기를 무사히 넘겼네요. 혹 다친 사람은 없지요?"

"다들 무사합니다. 풍 공자께 집중을 하느라 그랬는지 별다른 추격도 없었습니다."

"예, 정말 다행입니다."

참았던 숨을 깊게 내뱉으며 안심하는 풍월의 모습에 조용히 미소 짓던 은혼이 갑자기 표정을 굳혔다.

"서문세가에 일이 생겼습니다."

서문세가라는 말에 풍월의 표정이 돌변했다.

"일이 생기다니요?"

"금의소, 서문세가 안주인이 조금 전 죽었습니다."

순간, 풍월과 구양봉의 눈이 휘둥그레졌다.

"그, 금의소가 죽다니요? 자세히 설명해 보세요. 누가 죽인 건데요. 그녀가 왜? 대체 무슨 일이 벌어진 겁니까?"

흥분을 한 건지 풍월의 질문엔 두서가 없었다.

"정확한 사인은 모릅니다만 그녀가 목숨을 잃은 건 확실합니다. 서문세가는 이미 장례 준비를 하고 있습니다."

"말도 안 돼!"

풍월이 넋이 나간 표정으로 머리를 감싸쥐었다.

"증거 인멸은 정말 확실하네. 아무리 그렇다고 해도 서문세가의 안주인을 그런 식으로 보내 버릴 줄이야. 정말 상상도 못 할 일이다."

구양봉은 그녀의 죽음이 서문세가 자체 내에서 이뤄진 일이라 확신했다.

"같은 생각입니다. 지난 공격으로 풍 공자님과 서문세가의 관계는 돌이킬 수 없게 돼버렸습니다. 그런 상황에서 가문의 치부라 할 수 있는 그녀의 존재는 틀림없이 큰 부담이었을 겁니다. 풍 공자가 그냥 물러나지 않을 것이 뻔했으니까요."

은혼의 말이 끝나기가 무섭게 구양봉이 물었다.

"이제 어찌할 거냐?"

"……."

"어찌할 거냐고?"

구양봉이 거듭 묻자 풍월이 힘없이 대꾸했다.

"뭘 어째. 그냥 끝난 거지. 당사자가 죽은 마당에 내가 할 수 있는 게 아무것도 없잖아. 엊그제 일을 복수하겠다고 미친 놈처럼 날뛰기도 뭣하고."

"네 실력이면 못 할 것도 없잖아. 야밤에 뛰어들어 휘젓고 돌아다니면 잡힐 일도 없고. 아주 미치려고 할걸."

은근히 그러기를 부추기는 구양봉을 보며 은혼은 헛웃음을 흘리고 말았다. 확실히 두 사람의 성격은 다른 듯 비슷했다.

"됐어. 그래도 아버지가 나고 자란 곳인데 그렇게까지 하고 싶진 않다. 앞으로 상종할 일도 없고."

"그럴까? 천마도 때문이라도 쉽게 포기하지 않을 텐데."

구양봉이 다시금 옆구리를 찔렀지만 풍월은 고개를 저었다.

"그건 그때 가서 생각해 보고. 그런데 천마도 때문에 난리가 난 사람은 형님 아냐? 항주에서도 그 일 때문에 먼저 떠났잖아."

은혼에게 동의를 구하는 시선을 보낸 풍월이 빠르게 말을 이었다.

"그러고 보니 갑자기 악양에 나타난 것도 이상하네. 뭐야? 설마 내가 천마도를 지니고 있다는 소문을 듣고 온 거야? 흠, 내가 항주에서 얘기를 하지 않았던가?"

구양봉은 속사포처럼 쏟아지는 풍월의 질문을 한마디로 일축했다.

"지랄한다!"

갈증이 나는지 주전자를 입에 대려던 구양봉이 바깥을 향해 소리쳤다.

"야! 밖에 누구 술 좀 가져와."

구양봉의 명이 떨어지기가 무섭게 술상이 준비됐다.

"나 환자야."

그러면서도 술잔을 받는 풍월과 몇 잔의 술을 나눈 구양봉이 땅이 꺼져라 한숨을 내쉬었다.

"지금은 천마도가 문제가 아니다."

"왜? 무슨 일인데?"

풍월이 장난기를 감추고 물었다.

"지난 장마에 장강이 범람한 얘기는 들었냐?"

"대충은."

거짓말이다. 지난 며칠, 대화상회와 서문세가의 일만으로도 머리가 터질 것 같았던 풍월에겐 장강의 범람 따위는 먼 나라 얘기일 뿐이었다.

"미친 듯이 쏟아진 비로 인해 곳곳에서 홍수가 일어났는데 특히 한수와 장강이 만나는 무창 일대는 말 그대로 초토화가 되었지. 이번 홍수로 무창 인근에서 목숨을 잃은 자들이 수만 수천에 이르고, 수십만이 넘는 백성들이 집을 잃었다. 지옥도가 따로 없어."

구양봉은 무창의 끔찍한 참상을 떠올리며 거푸 술잔을 들었다.

"하지만 문제는 지금부터다. 집을 잃은 그들은 굶주림에 시달려야 하고 추위에 떨어야 한다. 전염병도 창궐하겠지. 앞으로 얼마나 많은 이들이 목숨을 잃을지 상상조차 되지 않아. 그리고 그런 면에서 가장 취약한 이들이 바로 개방의 제자들이다. 젠장!"

구양봉이 술병을 집기 전에 풍월이 먼저 그의 잔에 술을 채웠다.

단숨에 잔을 비운 구양봉이 울분을 토했다.

"아까 왜 악양에 왔느냐고 물었지?"

풍월이 자기도 모르게 고개를 끄덕였다.

"구걸하려고."

"뭐?"

"구걸하려고. 구걸 몰라?"

구양봉이 쓴웃음을 지으며 양 손바닥을 내밀었다. 풍월이 신경질적으로 손을 쳤다.

"장난하지 말고."

"장난 아니다. 다만 대상이 달라. 내가 구걸하려는 대상은 일반 백성이 아니라 돈이 썩어날 정도로 많은 사람들이지. 가령 대화상회나 서문세가처럼."

구양봉의 입에서 서문세가란 이름이 다시 거론될 줄은 몰랐던 풍월이 눈을 동그랗게 떴다.

"뭘 그리 놀래? 서문세가가 악양의 상권을 꽉 잡고 있는 것은 천하가 다 아는 사실인데. 서문세가뿐만 아니라 이미 수없이 많은 곳을 돌아다니며 원조를 요청했어. 아까 그 꼴을 하고 나타난 것도 구걸하러 다니느라 그런 거고. 솔직히 잠잘

틈도 없다.”

“그래서, 구걸은 제대로 했고?”

풍월이 안타까운 마음을 애써 감추며 물었다.

“……”

구양봉은 아무런 말도 못하고 한참 동안이나 술잔만 응시했다.

“아무래도 난 구걸엔 재주가 없는 모양이다. 그렇게 도와달라고 애걸해도 다들 귓등으로도 안 듣더라. 온갖 핑계를 대며 손을 빼는데 어찌나 성질이 나는지 모조리 대가리를 날려 버리려다 말았다. 개새끼들!”

쨍그랑!

벽에 부딪친 술잔이 산산조각이 나서 흩어졌다.

“그러다가 여기까지 온 거야. 서문세가가 나름 인심도 좋았고 평판도 나쁘지 않았으니까. 그것도 개뿔이었지만. 뭐, 그래도 덕분에 우리 예쁜 동생을 구할 수 있었으니 이 형님은 그것으로 만족할란다.”

풍월은 환히 웃은 구양봉의 모습에서 더없는 좌절과 슬픔을 읽을 수 있었다.

“실수했어. 내 이렇게 구걸에 재주가 없는 줄 알았다면 이리 쓸데없이 돌아다니는 게 아니라 아예 처음부터 황궁 무고를 터는 방안을 연구했어야 했는데.”

"그건 또 무슨 개소리야?"

"개소리가 아니야. 넌 황궁 무고에 온갖 보물들이 가득하다는 말도 들어본 적 없냐. 특히 무림에선 실전된 수많은 무공비급과 신병이기들이 산처럼 쌓여 있다더라. 그중에서 몇 개만 슬쩍하는 데 성공한다고 생각해 봐. 그리고 슬그머니 소문을 퍼뜨리는 거지. 돈 많이 주는 놈에게 판다고. 다들 눈이 벌개가지고 달려들걸. 막말로 부르는 게 값일 거다."

생각만으로도 즐거운지 구양봉은 연신 키득거리며 술병을 비웠다. 하지만 결코 성공할 수 없는 상상에 불과하기에 그 웃음 또한 처량했다.

"야, 뭘 그걸 또 진지하게 받아들이냐. 신경 끄고 술이나 마셔. 그냥 헛소리니까."

구양봉은 깊은 생각에 빠진 풍월의 옆구리를 툭 치며 술을 권했다. 하지만 풍월은 구양봉의 말을 결코 헛소리로 받아들이지 않았다.

"형님, 나랑 재밌는 일 하나 해보자."

풍월이 빈 잔을 내밀며 말했다.

"일? 무슨 일?"

구양봉이 잔에 술을 채우며 장난스레 물었다.

풍월은 대답 대신 슬며시 은혼에게 시선을 주었다.

시선의 의미를 눈치챈 은혼의 얼굴에 서운한 기색이 나타났다 순식간에 사라졌다.

"말씀 나누십시오."

은혼은 미련 없이 몸을 돌려 방문을 나섰다.

은혼의 기척이 완전히 사라진 다음에야 비로소 입을 열었다.

풍월이 은혼을 내보내는 순간부터 뭔가 심상치 않은 조짐을 느낀 구양봉이 긴장된 얼굴로 풍월의 말을 기다렸다.

"그러니까……."

풍월이 낮은 목소리로 입을 열었다.

설명은 길지 않았다. 하지만 그 내용은 결코 가볍지 않았다.

"푸하하하하!"

설명을 듣던 구양봉이 난데없이 웃음을 터뜨렸다.

웃음소리가 어찌나 크던지 지붕이 들썩거릴 정도였다.

"과연 내 동생! 내 평생 미쳤다는 소리는 수도 없이 들어봤지만 나보다 더 미친놈은 처음 봤다. 그야말로 천하의 미친놈이 아닌가!"

"시끄럽고! 할 거요?"

미친놈 운운하는 말이 마음에 들지 않는지 풍월이 인상을 팍 쓰며 물었다.

"하자. 당연히 한다."

벌떡 일어나 외치는 구양봉의 얼굴은 희열로 가득했다.

*　　　*　　　*

안주인의 갑작스러운 죽음으로 인해 서문세가는 깊은 슬픔에 잠겨 있었다. 장례 준비로 다들 바삐 움직이는 와중에도 누구 하나 큰 소리를 내는 사람이 없었다. 을씨년스러운 적막감이 서문세가 전체를 휘감았다.

그건 청송헌이라고 다르지 않았다. 오히려 다른 이유로 더욱 분위기가 가라앉아 있었다.

조용히 다관을 기울이는 노가주 앞에 서문후가 무릎을 꿇고 있었다. 마치 죄인과도 같은 모습이다. 풍월의 제거에 실패한 이후, 서문후는 단 한 번도 편한 자세로 노가주를 만나지 못했다.

“개방의 움직임은 어떠냐? 오늘도 변함이 없더냐?”

“예, 평소와 다르지 않았습니다.”

“평소와 다르지 않다라. 후개는? 당시 현장을 목격했으니 뭔가 수상한 움직임이 있을 터인데.”

“악양의 유력자들을 만나고 다니며 난민들을 위한 자금 융통을 부탁하고 다닐 뿐 딱히 다른 움직임은 없습니다.”

고개를 끄덕이던 노가주가 찻잔을 들며 물었다.

"본가에도 왔었느냐?"

"오지 않았습니다."

"이미 의심받고 있구나. 하긴 모른다는 것이 더 이상한 일이겠지."

노가주가 쓰게 웃었다. 그렇잖아도 쓴맛이 강한 차가 오늘따라 더욱 쓰게 느껴졌다.

"그래도 증거가 없으니 문제를 삼지는 못할 것입니다."

노가주의 눈썹이 역팔자를 그렸다.

"그걸 말이라고 하는 것이냐? 의심을 샀다는 것 자체가 장차 본가에 큰 부담이 되는 것이다. 놈이 네 얼굴을 모르기에 망정이지……."

노가주의 노기가 밖으로 드러나자 서문후가 납작 엎드렸다. 그런 서문후를 한심하단 얼굴로 노려보던 노가주가 길게 숨을 내뱉었다.

"아니다. 어차피 그건 문제가 아니구나. 여차하면 놈을 공격한 것이 본가라고 세상에 알려야 할 수도 있으니."

서문후가 이해할 수 없다는 얼굴로 노가주를 응시했다.

"모든 것이 서문월 그놈이 어찌 나오느냐에 따라 달렸다. 청부를 한 당사자가 목숨을 잃었으니 직접적으로 움직이기는 애매하겠지만 워낙 당돌한 놈이라 어디로 튈지 알 수가 없으니 걱정이구나. 놈이 개방 분타에 있는 것은 확실하겠지?"

"예, 확실합니다."

"음양쌍괴를 박살 낸 놈이다. 만약 놈이 작심하고 본가에 해코지를 하려 한다면 골치 아픈 일이 벌어질게다. 직접적인 피해도 피해지만 놈의 입을 통해 우리가 본가의 치부를 덮고 나아가 놈이 지닌 천마도를 노렸다는 것이 세상에 알려지면 그것만큼 치명적인 것이 없다. 본가의 명성이 땅에 떨어지고 명예는 더럽혀질 것이다. 그것만큼은 반드시 막아야 한다. 만약 놈이 일을 벌인다면……."

노가주의 눈동자가 섬뜩하게 빛났다.

"오늘 죽은 계집의 죽음이 놈의 짓이라고 재빨리 뒤집어씌워야 한다. 일전의 싸움 또한 그녀을 암습하고 탈출하는 과정에서 벌어진 일이라 세상에 알린다."

"그 역시 본가의 치부를 드러내는 것입니다만."

서문후가 조심스레 우려를 표했다.

"상관없다. 그땐 본가의 치부가 아닌 암중세력의 음모로 엮으면 된다. 서문월의 모친은 그 과정에서 피해를 당한 것이고. 그럼 본가는 오히려 피해자가 된다. 물론 최선은 놈이 그녀의 죽음에 만족하고 아무것도 하지 않는 것이다. 그렇다면 모든 번거로운 일을 피할 수 있겠지. 오호단의 존재도 드러내지 않아도 될 것이고. 과연 어찌 될는지……."

노가주가 말끝을 흐리며 찻잔을 집었다.

"음양쌍괴의 가족은 어찌 처리할까요?"

서문후가 물었다.

음양쌍괴라는 이름에 노가주의 안색이 일그러졌다.

음양쌍괴가 이리 허무하게 사라져선 안 된다. 서문세가를 위해 앞으로도 얼마나 할 일이 많은 자들이던가.

그들이 서문세가를 위해 처음으로 만들어낸 오호단은 이미 큰 활약을 펼쳤다. 제이, 제삼의 오호단의 훈련 또한 어느 정도 성과를 낸 상황이다.

한데 오호단의 훈련을 총괄함과 동시에 전력의 핵심이라 할 수 있는 합격술을 가르치는 음양쌍괴가 서문월에게 목숨을 잃었다. 이는 모든 계획이 뿌리째 흔들리는 것을 의미했다.

"노부의 실수다. 그들을 놈에게 보내는 것이 아니었어. 난 그저 조금이나마 피해를 줄여보고자 한 것이었는데 이렇듯 돌이킬 수 없는 결과를 가져오다니."

노가주는 음양쌍괴에게 서문월을 제거해 달라고 부탁했던 그날 밤의 일을 뼈저리게 후회했다.

늘 말했지만 후회는 아무리 빨라도 늦는 법이다.

"몇이나 남았지?"

"서른 남짓 남은 것으로 압니다."

"따지고 보면 그자들의 운명도 참 기구하구나. 일족 모두가 그런 천형을 받아야 하다니. 이제는 편안히 보내주는 것도 나

뻐지는 않겠지."

노가주의 담담한 말투 속에서 음양쌍괴라는 걸출한 고수들을 배출해 낸, 서문세가의 지원에 의해 겨우 생명을 부지하고 있던 호씨 일족의 멸문이 결정되었다.

*　　　*　　　*

음양쌍괴와의 싸움으로 인해 큰 부상을 당한 풍월은 악양의 개방 분타에서 적당히 몸을 추스른 후, 곧바로 길을 떠났다.

노가주의 명을 받아 개방 분타를 주시하던 호오단은 풍월의 움직임에 바짝 긴장하여 경계를 늦추지 않았다. 다행히 그들이 걱정하는 일은 벌어지지 않았다.

금의소의 죽음으로 인해 모친과 관련하여 딱히 추궁할 인물도 없었고 부친의 태어나고 자란 곳이라는 이유 하나만으로 풍월은 노가주가 호오단을 통해 벌였던 파렴치한 짓을 애써 참고 넘겼다.

풍월은 알지 못했다. 그의 인내심으로 인해 노가주가 만약을 대비해 마련한 계획이 백지화가 되었고 진흙탕 싸움도 면할 수 있었다는 것을.

개방 분타를 떠난 풍월은 금방 악양을 벗어났다. 한데 그와 어깨를 나란히 하고 걷는 사람이 은혼이 아니라 구양봉이었다.

할머니와 사촌 동생을 은혼에게 부탁했을 때 은혼의 서운해하는 눈빛에 풍월은 마음속 깊은 곳에서 몇 번이나 사과를 했다. 하지만 구양봉과 모종의 일을 계획하고 있던 풍월은 비밀 유지를 위해서라도 은혼을 배제해야만 했다.

은혼에게 큰 도움도 받았고 짧지 않은 시간 많은 인연을 쌓았지만 그래도 그의 소속은 엄연히 패천마궁의 무영단이기 때문이었다.

악양을 떠나 곧바로 동쪽으로 방향을 잡은 풍월과 구양봉은 바람처럼 내달려 단 사흘 만에 남창에 도착했다.

혹시라도 꼬리를 밟는 자들이 있을까 봐 몇 번이고 방향을 바꾸고 길을 틀며 이동했다는 것을 감안했을 때 엄청난 속도라 할 수 있었다.

어둠이 찾아오기를 기다려 그들이 방문한 곳은 남창에서 북쪽으로 이십여 리 떨어진 곳, 파양호(鄱陽湖)를 한눈에 바라볼 수 있는 곳에 위치한 제갈세가였다.

구양봉은 개방의 남창 분타주를 이용해 제갈세가의 가주와 은밀한 만남을 추진했다.

명색이 사대세가와 어깨를 나란히 하는 제갈세가였다. 그런 곳의 가주와 사전에 별다른 조율도 없이 이렇듯 급박히, 그것도 깊은 밤에 만나자고 요청한 것은 무척이나 예외적이고 어쩌면 굉장히 무례할 수도 있는 일이었다.

하지만 제갈중은 흔쾌히 만남을 허락했다. 만남을 요청한 사람이 개방의 미래이자 자신과도 안면이 꽤 있던 후개 구양봉이기 때문이었다. 더불어 이토록 급하고 은밀히 만나야 할 일이 과연 무엇일지에 대한 궁금증도 한 몫을 했다.

자정 무렵, 풍월과 구양봉은 제갈중이 보낸 사람의 안내를 받으며 제갈세가로 들어갔다.

자신을 제갈건이라 밝힌 청년은 그들을 가주의 집무실이 아닌 서고(書庫)로 이끌었다.

짧지 않은 길을 걸으며 제갈건은 그들에게 주변에 진법이 펼쳐져 있으니 절대 자신과 떨어지지 말라고 몇 번이나 경고를 했다.

하지만 하지 말라고 하면 더욱 하고 싶은 것이 사람의 심리가 아니던가.

결국 딴 짓을 하던 구양봉은 혹여라도 있을지 모르는 침입자를 막기 위해 설치한 기문진에 빠져 한참이나 허우적댔고 풍월은 그 모습을 코앞에서 보았다. 이후, 그들은 갓 태어난 새끼가 어미를 따르듯 제갈건의 꽁무니를 경쟁적으로 뒤따랐다.

세 사람은 한참을 걸어 '만서비고(萬書秘庫)'라 쓴 편액이 멋

들어지게 걸려 있는 꽤나 고풍스러운 전각에 도착을 했다.

"아버님, 접니다. 손님들을 모시고 왔습니다."

제갈건이 손님이 도착했음을 알렸다.

전각 안에서 편안한 음성이 들려왔다.

"도착했느냐? 어서 뫼셔라."

허락이 떨어지자 제갈건이 두 사람을 전각 안쪽에 위치한 서고로 안내를 했다.

편안한 옷차림을 하고 있는 중년의 남자가 그들을 기다리고 있었다.

나이는 대략 오십 초반, 그다지 크지 않은 키에 비교적 왜소한 몸을 지녔지만 눈빛만큼은 현기가 넘쳤다.

"개방의 구양봉이 가주님을 뵙습니다."

구양봉이 정중히 허리를 숙였다.

평소 진중함과는 담을 쌓은 인물이 아니던가. 구양봉의 가식(?)적인 모습에 풍월이 자기도 모르게 팔뚝을 긁어댔다.

"하하하! 어서 오게. 자네를 정무련에서 보았으니 벌써 이 년 가까이 되었군."

"그간 강녕하셨습니까?"

"그럭저럭 잘 지냈네. 한데 온 친구는 누구신가? 개방의 제자는 아닌 듯 싶은데."

제갈중이 풍월을 찬찬히 살피며 물었다.

"얼마 전에 좋은 인연이 있어 의동생 삼은 녀석입니다. 뭐해? 어서 인사드려."

구양봉의 눈짓에 풍월이 인사를 했다.

"풍월이라 합니다."

"풍 공자였군. 반갑네."

환한 미소로 환대를 해준 제갈중이 그들에게 자리를 권했다.

"자자, 편히들 앉으시게."

풍월과 구양봉이 자리에 앉자 문이 열리며 제갈건이 간단히 차린 술상을 들고 들어왔다. 안주도 몇 가지 되지 않았고 그나마도 만든 지 오래됐는지 차갑게 식어 있었다.

"보잘것없는 술상이나 이해하게. 아무래도 조용한 만남을 원하는 것 같아서 따로 부탁하지 않았네."

"물론입니다. 다만 술은 조금 더……."

구양봉이 입맛을 다시자 제갈중이 아차 싶은 표정이 되었다.

"그렇지. 개방의 주선(酒仙)을 만나는 자리거늘 생각이 짧았네. 건아."

"예, 아버님."

"가서 충분히 챙겨오너라."

"알겠습니다."

대답과 함께 조용히 서고를 빠져나간 제갈건은 잠시 후, 호박 빛 술이 가득 넘치는 커다란 항아리를 들고 나타났다. 술빛만큼이나 주향이 기가 막혔다. 구양봉은 물론이고 풍월마저 눈동자를 반짝거렸다.

“여러 곡물을 이용해 빚은 술이라네. 맛은 좀 투박한데 향만큼은 좋다네.”

“그러게요. 일전에 마신 백화주(百花酒)보다 향이 더 오묘하고 진합니다.”

구양봉이 침을 질질 흘리며 엉덩이를 들썩였다.

“자, 말로만 떠들지 말고 한 잔씩 하세나.”

제갈중이 조롱박을 말려 만든 국자를 이용해 잔에 가득 술을 채웠다. 잔도 일반적인 크기의 잔이 아니라 커다란 대접이었다.

“크아! 좋습니다. 기가 막히네요.”

단숨에 술을 들이켠 구양봉이 엄지손가락을 치켜세웠다.

“어때? 죽이지 않냐?”

구양봉이 풍월의 옆구리를 치며 물었다.

“그러게. 알싸하면서도 구수한 것이 화려한 향과는 전혀 다른 맛인데.”

풍월이 입안에 제대로 달라붙는 술맛을 음미하며 고개를 끄덕였다.

"이 술 이름이 뭐지요?"

구양봉의 물음에 두 사람의 반응을 즐기며 흡족해하던 제갈중이 약간은 난처한 얼굴로 말했다.

"이게 딱히 이름이 없다네. 남창 인근의 몇몇 농가에서만 빚는 술이라. 원래 이곳에 살던 토박이들도 아니고 난리 통에 타지에서 이주해 온 자들의 후손인데 아마도 먼저 살던 지역에 있는 고유의 방식으로 술을 빚은 모양이야."

"형님도 참. 이름이 뭐가 중요해. 맛이 중요한 것이지."

풍월은 쓸데없는 소리를 하는 것보다 한 잔이라도 더 마시고 즐기는 것이 중요하다는 듯 쉬지 않고 잔을 비웠다. 한데 그렇게 급히 마시면서도 얼굴빛 하나 변하지 않았다.

검선과 마도로부터 주도를 배웠고 나름 즐기기도 했지만 풍월의 주량이 폭발적으로 는 것은 항주에서 구양봉을 만난 이후였다.

어릴 적부터 익혀온 무공의 영향 덕분에 두주불사(斗酒不辭)로 이미 악명이 자자한 구양봉에게 지지 않으려고 마시다 보니 그 역시 두주불사가 된 것이다.

서고에 도착을 하고 이름 모를 술을 물처럼 마셔대길 반 시진, 준비한 술이 거의 바닥을 드러낼 즈음 제갈중이 술잔을 탁 내려놓으며 상체를 살짝 뒤로 물렸다.

"밤도 길고 준비한 술도 많지만 조금 취기가 오르는 것이 잠시 쉬어가도 될 것 같군."

제갈중의 말에 구양봉과 풍월도 잔을 내려놓았다. 이제 본론을 얘기할 때가 된 것이다.

구양봉이 먼저 입을 뗐다.

"며칠 전이었습니다. 이번 물난리로 벌어진 참상을 걱정하고 있는 제게 이 녀석이 재밌는 일을 하나 하자고 제안을 하더군요."

제갈중의 눈가에 찰나지간 실망의 빛이 스쳐 지나갔다. 구양봉이 제갈세가를 방문할 때부터 혹시 물난리로 인해 원조를 요청하는 것은 아닐까 추측했는데 그 예상이 맞았다고 여긴 것이다.

구양봉은 눈치채지 못했지만 풍월은 제갈중이 실망하는 찰나를 놓치지 않았다.

"말 돌릴 필요 없잖아."

풍월이 구양봉의 말을 자르며 옆에 내려놓은 봇짐에서 청동으로 된 통 하나를 꺼내 탁자에 탁 올려놓으며 말했다.

"가주님, 초면에 무례한 말인지는 모르겠지만 저희와 재밌는 일 하나 하시지 않으렵니까?"

제갈중은 말 대신 풍월의 얼굴을 가만히 살폈다.

무슨 생각을 하고 있는지 잘 드러나지 않았지만 흔들림 없는 눈빛에서 혹여 자신의 제안이 거절당할까 하는 두려움 따위는 전혀 느껴지지 않았다. 거절을 할 테면 하라는, 언제라도 다른 사람을 찾으면 그만이라는 당당함이 전해졌다.

제갈중의 입가에 진한 미소가 지어졌다.

"이쯤의 나이가 되면 왠지 삶이 지루하고 무료하게 마련이지. 자네의 제안이 정확히 무엇인지는 모르겠지만 일단 재미가 있다는 말에 흥미가 생기는군."

"재미는 제가 보장하지요. 아니, 단순한 재미가 아니라 긴장과 흥분, 설렘까지도 보장하겠습니다."

구양봉이 가슴을 탕탕치며 소리쳤다.

"천하가 인정하는 괴짜, 광개(狂丐)가 보장한다는데 기꺼이 응하지. 그 제안."

"크흐흐흐! 잘 생각하셨습니다."

괴소를 터뜨린 구양봉이 술잔을 들었다.

"감사합니다. 그런데 광… 개라니요?"

풍월이 대접에 얼굴을 파묻고 있는 구양봉을 힐끗거리며 물었다.

"몰랐나? 저 친구가 처음 무림에 모습을 드러냈을 때의 별호가 광개였다네. 좌충우돌, 워낙 사고를 많이 쳐서 그렇게 불렀지. 그때 나이가 아마 열일곱, 아니, 여덟이었나."

"아이고, 가주님. 그게 언젯적 얘긴데요. 그때는 철이 없었고요."

구양봉이 풍월의 눈치를 보며 어색한 웃음을 흘렸다.

"미친 거지라. 자칭 무림의 신성, 마성의 남자보다는 훨씬 낫네요. 현실감 있고."

"야!"

구양봉이 버럭 소리를 지르자 시끄럽다는 듯 손을 내저은 풍월이 탁자에 올려놓은 원통에서 양피지를 꺼냈다.

제갈중은 높이는 한 뼘 정도, 폭은 제법 넓어 열 뼘 정도 되는 양피지에 시선을 고정시켰다.

낡은 양피지에는 무슨 의민지 알 수 없는 그림이 희미하게 그려져 있었다. 산수화와 비슷하면서도 괴이한 낙서가 곳곳에 있는 것이 어떤 지형을 나타내는 것 같기도 했다.

"단순히 그림을 감정해 달라는 것은 아닐 테고."

제갈중이 양피지에서 눈을 떼지 않고 말했다.

"천마돕니다."

제갈중이 풍월을 향해 고개를 홱 돌렸다.

"지금 뭐라 했나? 천… 마도?"

"예, 천마도입니다. 제가 아는 한, 저잣거리에 굴러다니는 가짜가 아니라 진짜 천마도지요."

"맙소사!"

제갈중이 휘둥그레진 눈으로 풍월과 눈앞에 펼쳐져 있는 천마도를 번갈아 응시했다.

근래 들어 급격히 퍼져 나가는 소문 하나가 떠올랐다.

화산검선과 철산마도의 후예 화산괴룡이 진짜 천마도를 지니고 있다.

'화산괴룡? 풍월? 바보 같으니!'

제갈중은 자신의 기억력을 한탄하며 한숨을 내쉬었다.

"풍월이란 이름을 듣고도 화산괴룡을 떠올리지 못하는 걸 보면 아무래도 늙은 것 같군. 기억력이 예전 같지가 않네."

"동생의 소문이 여기까지 퍼진 겁니까?"

구양봉이 물었다.

"알 만한 사람은 다 알지. 특히 천마도에 관심을 가지고 있는 사람들이라면. 소문에 의하면 악양에 있다고 들었네만 아니었나?"

"악양에 있다는 것까지 소문이 났다는 말씀입니까?"

풍월이 놀라 물었다. 자신의 행적이 이렇듯 정확하게 노출된 것에 상당히 당황하는 눈치였다.

'서문세가뿐만 아니라 암중세력도 나를 계속해서 주시하고 있었나 보네.'

혹시 남창까지 따라붙은 것은 아닌가 걱정이 됐다.

"괜찮아. 우리가 좀 서둘렀냐. 게다가 길도 이리저리 비틀었고. 어지간해선 따라붙지 못했을 거다."

"글쎄. 깜짝 놀란 방법도 경험해 봐서."

풍월은 자신에게 추종향을 뿌리고 적안영서를 이용해 교묘하게 추적해 온 귀문을 떠올렸다. 이번에도 그런 방법을 썼을 가능성을 배제할 수는 없었다.

구양봉과 풍월이 걱정스럽게 얘기를 주고받는 동안 제갈중은 어느새 천마도에 집중을 하기 시작했다.

구양봉과 풍월은 제갈중을 방해하지 않는 선에서 몇 잔의 술을 나눴다.

제법 긴 시간이 흐른 후, 제갈중이 장탄식을 내뱉으며 고갤 들었다.

"아! 어렵군, 어려워."

뭔가 마음대로 풀리지 않는듯 미간을 짠뜩 찌푸리던 제갈중이 자신을 바라보는 구양봉과 풍월을 의식하곤 화들짝 놀랐다.

"이런! 미안하네. 내 자네들을 앞에 두고 엉뚱한 짓을 하고 있었군."

"엉뚱한 짓은 아닙니다. 앞으로 가주께서 해주실 일이지요."

"그게 무슨 소린가?"

제갈중이 떨리는 음성으로 물었다.

"천마도를 꺼내는 순간부터 어느 정도는 짐작하셨을 텐데요. 재밌는 일 중에 핵심이 바로 천마도라는 것을요."

"나에게 이걸 맡긴다는 건가?"

풍월은 그의 목소리에서 꼭 맡겨달라는 간절한 염원을 느낄 수 있었다.

천마가 남긴 유산에 대한 욕심, 욕망은 아니었다. 그저 학자이자 한 사람의 무림인으로서 천마도가 품고 있는 비밀 그 자체에 호기심을 보이는 것이었다.

"물론입니다."

순간 제갈중의 표정이 지금과는 비교할 수도 없을 정도로 환해졌다.

"이유를 물어도 되겠나? 어째서 나인가?"

제갈중이 주체할 수 없을 정도로 들끓는 마음을 애써 진정시키며 물었다.

"죄송합니다만 가주님이 아니라 제갈세가라고 해야 맞을 겁니다."

제갈중은 풍월의 말에 남긴 의미를 곧바로 알아챘다.

"하하하! 내 머리로는 천마도의 비밀을 풀지 못한다는 건가? 인정하고 싶지는 않지만 그렇다고 부인도 못하겠군. 잠깐 살펴봤지만 보통 어려운 것이 아니야. 내가 아니라 본가에 맡겼다는 말이 정확하겠어."

호탕하게 웃은 제갈중이 몇 마디 말을 덧붙였다.

"하지만 나도 사람일세. 욕심을 낼 수도 있을 터."

"흐흐흐! 상관없습니다. 백만 개방도가 남창에 주저앉는 꼴을 보시려면요."

구양봉의 괴소에 제갈중은 거지 떼가 남창을 점령하는 것을 상상하며 몸서리쳤다.

"절대 사양하지."

그 모습이 어찌나 절박한지 농을 던진 구양봉은 물론이고 풍월까지 웃음을 터뜨렸다.

"형님이 그랬습니다. 천마도가 품은 비밀을 풀어낼 정도의 두뇌와 더불어 정의로움까지 지닌 곳은 천하에 오직 제갈세가뿐이라고. 해서 온 것입니다."

풍월의 담담한 말에 제갈중은 진심으로 감동한 얼굴이었다.

제갈중이 벌떡 일어나 구양봉에게 정중히 읍했다.

"후개에게 그런 말을 듣다니 영광이네."

황급히 일어난 구양봉이 마주 읍하며 말했다.

"무슨 말씀을요. 전 틀린 말을 하지 않는 사람입니다."

잠시 동안 뜨거운(?) 시선을 나눈 두 사람이 다시 자리에 앉자 풍월이 기다렸다는듯 입을 열었다.

"천마도는 시작입니다. 재밌는 일은 그 이후지요."

제갈중이 예상했다는듯 고개를 끄덕이곤 물었다.

"그럴 줄 알았네. 천마도를 가지고 무슨 일을 하려는 건가?"

"돈을 벌려고 합니다."

"돈? 지금 돈이라 했나?"

전혀 예상 밖의 대답에 제갈중이 눈을 동그랗게 떴다.

"그전에 제갈세가에서 먼저 돈 좀 융통해 주실 수 있겠습니까?"

풍월은 제갈중이 놀라거나 말거나 당당하게 돈을 빌려달라 청했다.

제갈중은 그런 풍월의 태도에 어이가 없다는 반응을 보이면서도 조심스레 물었다.

"얼마나 필요한가?"

풍월이 구양봉을 향해 시선을 주자 구양봉이 생각할 것도 없다는 얼굴로 말했다.

"가능하면 많이요."

"그러니까 그게……."

제갈중은 구양봉이 얼마를 원하는 것인지 가늠할 수가 없어 곤혹스러운 표정을 지었다.

"제갈세가가 자체적으로 동원할 수 있는 액수는 물론이고 다른 곳에서 융통할 수 있는 최대한의 액수를 원합니다."

구양봉의 대답에 잠시 생각에 잠겼던 제갈중이 걱정스레

말했다.

"한 번도 가늠해 보지 못해서 당장 뭐라 답할 수는 없지만 자네들이 생각하는 이상으로 큰 액수가 될 텐데. 당장 이자만 해도 무시 못 할 것이고. 어찌 감당하려는가? 설마 천마총을 열어서 그 안에 있는……."

풍월이 말을 잘랐다.

"아니요. 그런 불확실한 미래를 담보로 돈을 융통할 수는 없지요. 전 천마도 자체를 가지고 돈을 마련해 볼 생각입니다."

천마도를 가지고 돈을 융통한다는 말에 제갈중의 몸이 그대로 얼어붙었다.

"이해가 되지 않는군. 천마도를 가지고 돈을 마련하다니. 설마 누군가에게 팔겠다는 말인가?"

"모두에게 팔 것입니다. 천마도가 아니라 천마도가 품고 있는 비밀 그 자체를."

"흠."

제갈중이 고개를 갸웃거렸다.

풍월이 정확히 무슨 의도를 가지고 말을 하는지 이해가 되지 않는다는 얼굴이었다.

"정확히 석 달 후, 군산에서 화평연이 열립니다. 그때 천마도의 비밀이 세상에 드러납니다."

"계속해 보게."

제갈중이 설명을 재촉했다.

"화평연이 시작되면 직접 참가하는 자들과 연관된 가문 세력뿐만 아니라 그보다 훨씬 많은 이들이 비무 대회를 보기 위해 군산으로 몰려듭니다. 바로 그들과 천마도의 비밀을 공유할 생각입니다."

"공… 유인가?"

"예, 하지만 공짜는 아닙니다. 천마도의 비밀을 공유하기 위해선 그만한 대가를 지불해야 할 겁니다. 한 문파나 세가, 세력을 대표한다면 최소한 황금 천 냥, 개인의 자격이면 황금 오십 냥 정도면 적당하지 싶습니다. 참고로 금액은 가주께서 융통하시는 액수에 따라 유동적으로 변할 수도 있습니다. 부족하면 안 되니까요."

그제야 풍월의 의도를 제대로 이해한 제갈중이 입을 쩍 벌렸다.

"마, 만약 돈을 준비하지 못한다면?"

"그냥 화평연만 보고 돌아가면 되는 거지요. 하지만 그럴 수 있을까요? 무당파가 천마도의 비밀을 알고자 하는데 화산파가 그냥 떠난다는 것이 가능하리라 보십니까?"

"아니, 절대로 불가능하겠지."

근래 들어 두 문파의 사이가 견원지간이나 다름없는 것을 알기에 단호히 고개를 저었다.

“하지만 그 정도 액수라면 천마도의 비밀을 공유할 수 있는 자들이 얼마 되지 않을 걸세. 지금 천마도로 인한 광풍을 감안해 보면 원망이 클 것이야. 자칫하면 큰 소란이 일어날 수도 있고.”

“상관없습니다. 까짓것 욕 좀 먹지요. 그리고 그곳에 어떤 사람들이 모이는지 생각해 보십시오. 패천마궁입니다. 정무련, 아니, 구대문파와 사대세가 등이 모입니다. 소란이요? 죽고 싶으면 무슨 짓을 못하겠습니까?”

“그… 도 그렇군.”

“화평연이 열리기 전에 화평연이 끝난 후, 천마도의 비밀을 세상에 알린다고 공표할 겁니다. 공유하고 싶으면 돈을 가지고 오라고. 미리미리 준비하도록 만들어야지요. 외상 따위는 절대 사절이니까.”

풍월이 외상이란 말을 하며 짓궂게 웃었다. 구양봉이 키득거리며 따라 웃었지만 제갈중은 웃을 수 없었다.

“사람들이 믿을까?”

“개방의 이름으로 소식을 전할 겁니다. 아, 처음엔 제갈세가의 이름으로 공표했으면 싶었는데 그 생각은 접었습니다.”

“어째서?”

“위험할 수 있으니까요.”

풍월의 말에 제갈중은 자존심이 조금 상했다.

"아니, 본가도 숟가락을 얹는 것으로 하지."

"괜찮으시겠습니까?"

"걱정되는가? 하지만 걱정하지 말게. 본가가 비록 개개인의 무공은 여타 세력에 비해 열세일지는 몰라도 문을 걸어 잠그고 수성을 하고자 한다면 장담컨대 패천마궁이 쳐들어온다 해도 감당할 자신이 있으니까."

제갈중의 자신만만한 태도에 풍월은 대화상회에서 겪었던 끔찍한 기문진을 떠올렸다. 그리고 그런 기문진, 기관매복의 최고봉이 어디인지도.

"그렇군요. 제가 쓸데없는 걱정을 했습니다. 죄송합니다. 그리고 감사합니다. 제갈세가가 나서준다면 그 파급력 또한 엄청날 겁니다."

풍월의 사과에 제갈중은 전혀 개의치 않는다는 듯 손을 내저었다.

"하하하! 무슨 말을. 이런 엄청난 계획에 본가를 참여케 해준 것만으로도 영광이네."

"오히려 제가 드리고 싶은 말씀입니다. 제가 세운 계획의 성패는 오로지 제갈세가에서 천마도의 비밀을 풀어내느냐 그렇지 못하느냐에 달려 있으니까요."

"걱정하지 말게. 당장 내일부터 본가 최고의 두뇌들이 오직

이것 하나에 매달릴 테니까."

제갈중이 천마도를 가리키며 말했다.

"가급적 비밀은……."

"그 또한 걱정 말게. 천마도에 매달려야 하는 자들을 제외하곤 그 누구에게도 언급하지 않을 테니까."

"감사합니다."

구양봉과 풍월이 동시에 머리를 숙였다.

"그런데 말일세. 만에 하나라도 시간 내에 천마도의 비밀을 풀지 못하면 어찌 되는 건가?"

구양봉이 마지막 남은 술로 목을 축인 뒤 말했다.

"그것도 상관없습니다. 일단 돈을 받은 후, 이렇게 말하면 됩니다. 시간이 조금 더 필요하다. 제갈세가에서 책임지고 천마도의 비밀을 풀어낼 것이다. 원한다면 대표 한 명씩을 차출하여 제갈세가에서 상주해도 상관은 없다. 아, 괜찮겠습니까?"

"상관없네."

"마지막으로 그럼에도 믿지 못하겠다면 돈을 되돌려 줄 테니 가지고 떠나라. 이렇게 말한다면 대충 해결되지 않겠습니까? 하하하하!"

구양봉의 웃음 뒤에 풍월이 몇 마디를 덧붙였다.

"여기서 핵심은 일단 돈을 받는다는 거지요."

"맞아. 일단 받는 게 중요하지."

척척 죽이 맞는 구양봉과 풍월을 보며 제갈중은 허탈하게 웃었다.

"자네들, 사기꾼을 해도 잘할 것 같군."

"에이, 사기꾼이라니요. 사기꾼은 실체하지 않는 것으로 사기를 치지만 저희들은 천마도라는 확실한 담보를 가지고 살짝 양념을 칠 뿐입니다. 안 그러냐?"

구양봉이 억울하단 표정으로 풍월에게 동의를 구했다.

"아무렴. 엄연히 다르지."

풍월이 크게 고개를 끄덕이며 말을 이었다.

"애당초 우리가 이번 일을 계획한 것이 우리의 사익을 취하기 위해서가 아니라 물난리 때문에 목숨이 위태로운 백성을 돕기 위함이잖아. 가짜 천마도로 생기는 분란도 제거하고. 그러니 어쩌겠어. 속은 좀 쓰리겠지만 적당히들 넘어가겠지."

"역시 그런 이유였군. 정말 대단들 하네."

제갈중은 구양봉과 풍월이 전 무림을 상대로 한 판 도박을 벌이는 것이 오로지 백성들을 위함이라는 것을 알고는 진심으로 감격했다.

"그래도 최선은 제갈세가에서 화평연이 시작되기 전에 천마도의 비밀을 풀어주는 것입니다."

"믿게. 본가의 명예를 걸고 반드시 그리 만들 테니."

제갈중의 말에서 굳은 결의를 느낀 풍월과 구양봉이 동시에 소리쳤다.

"믿습니다."

"고맙네. 자, 역사적인 날을 기념하기 위해서라도 한잔하지 않을 수가……."

건배를 제안하려던 제갈중은 술동이의 술이 이미 바닥이 난 것을 보고는 크게 외쳤다.

"거기 있느냐?"

말이 끝나자마자 밖에서 대기하고 있던 제갈건이 서고 안으로 들어섰다.

"예, 아버님."

"술과 안주가 떨어졌구나."

"바로 준비토록 하겠습니다."

제갈건의 대답대로 술과 안주가 곧바로 준비됐다. 물론 안주의 질은 전과 다르지 않았다.

세 사람은 주거니 받거니 하며 새벽까지 술잔을 기울였다.

첫닭이 울 때 구양봉과 풍월은 처음 들어갈 때와 마찬가지로 은밀히 제갈세가를 빠져나왔다.

천마도라는 어마어마한 폭탄을 제갈세가에 안긴 채.

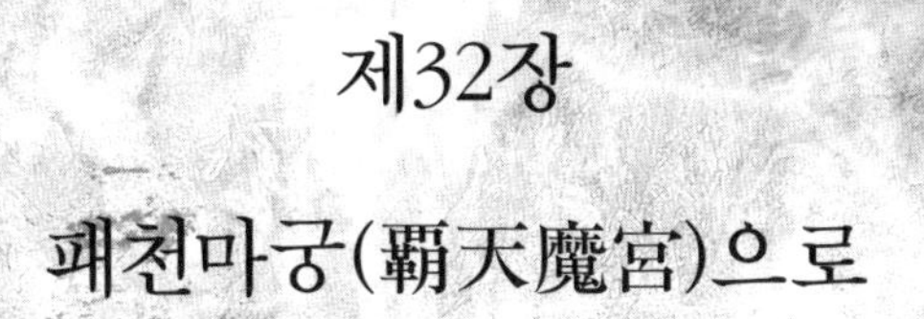

제32장

패천마궁(覇天魔宮)으로

"안주인을 제거하다니 서문세가에서 무리수를 뒀군. 어쩌면 그 선택이 옳은 것일 수도 있겠지만. 그럼 이제 남은 단서는 사신각과 대화상회만 남은 것이냐?"

독고유가 서문세가의 독한 결단을 비웃으며 물었다.

"천마도를 유출하는 놈들도 배후라 생각은 됩니다만……."

"애당초 그쪽에선 기대조차 하지 않는다."

독고유의 싸늘한 반응에 순후가 고개를 숙였다.

"죄송합니다."

"사신각 쪽은 어떠냐? 일전의 보고에 의하면 그쪽도 상황은

좋지 않은 것 같은데."

"묵영단을 동원하여 놈들을 철저하게 감시를 하고 있으나 아직까지 별다른 점은 찾지 못했습니다."

"찾지 못한 거냐? 찾아낼 능력이 없는 거냐?"

독고유의 매서운 추궁에 순후는 다시금 고개를 숙였다.

"죄송합니다."

"대화상회는?"

"현재 대화상회의 회주와 가족들은 장사부주의 보호 아래 아예 밖으로 나오지를 않고 있습니다."

"대화상회를 재건하고 있다지 않았느냐?"

"예, 하지만 일을 관장하는 자들은 그저 중간 관리자들에 불과하고 대화상회주의 가족들은 일체의 움직임을 보이지 않고 있습니다. 더불어 대화상회 인근에서 은밀한 움직임이 있는 것은 아닌지 살펴보고 있으나 이 또한 여의치가 않습니다."

"튀었군."

"예?"

"튀었단 말이다. 우리는 물론이고 서문세가에서까지 관심을 보이는 상황에서 그대로 남아 있을 리가 없지 않느냐? 다시금 음지로 숨어들었겠지."

"대화상회의 회주를 도모해 보겠습니다."

독고유가 신경질적으로 손을 저었다.

"일단은 놔둬. 관부에 숨었다면 굳이 긁어 부스럼 만들 필요는 없다. 어차피 놈이 알고 있는 것도 한정적일 테니까. 나중에 영 실마리가 보이지 않으면 모를까 지금 당장은 아니다."

"알겠습니다."

"그나마 사신각이 가능성이 높다고 봤을 때 지금보다 치밀한, 정확한 감시와 접근을 할 필요가 있을 것 같다. 여차하면 무력을 사용할 가능성도 염두에 둬야겠고. 그런 의미에서 묵영단은 아무래도 역부족이겠지?"

"예, 솔직히 사신각의 일급살수만 되어도 묵영단의 아이들이 감당하기는 힘든 것이 사실입니다."

"그렇겠지."

고개를 끄덕인 독고유가 허공을 향해 외쳤다.

"거기 있느냐?"

말이 끝나기도 전, 순후의 뒤에 한 남자가 무릎을 꿇고 있었다.

마존 독고유의 호위를 책임지는 밀은단주 위지청이다.

"신 위지청, 마존의 부름을 받듭니다."

"들었느냐?"

"들었습니다."

"밀은단에서 쓸 만한 아이 다섯을 골라 군사에게 보내라."

"존명."

명을 받은 위지청이 모습을 보일 때처럼 조용히 사라졌다.

"밀은단까지 동원했다. 실패는 용납하지 않는다."

지금껏 어지간한 실책에도 별다른 문책을 당하지 않았던 순후에 대한 경고였다.

"반드시 찾아내겠습니다."

순후가 무릎을 꿇으며 각오를 다졌다.

독고유의 손짓에 굽혀졌던 순후의 무릎이 다시 펴졌다.

"그런데 녹림의 요구가 있었다니 이게 무슨 개소리더냐?"

"화평연에 참가할 수 있도록 비무첩에 도전할 수 있는 자격을 달라고 요구했습니다."

독고유의 입가에 진득한 조소가 지어졌다.

"일전엔 마도의 후예를 노리더니만 이제는 화평연에 참가할 자격을 달라? 산적 놈들이 아직도 정신을 차리지 못했군. 그때의 훈계론 부족했던 모양이지?"

훈계라 하지만 그때 명을 받고 출동한 흑귀대로 인해 단령산에 있는 녹림의 산채는 물론이고 인근의 산채까지 초토화가 되었다.

"궁주님."

순후가 조심스레 궁주를 불렀다.

"왜?"

"자격을 주는 것도 그리 나쁘지는 않을 것 같습니다."

독고유의 눈썹이 한껏 치솟았지만 화를 내지는 않았다. 최근에 암중 세력으로 인해 헛발을 조금 하고는 있었지만 군사로서의 능력은 그도 인정하는 바였다.

"최근 들어 크게 세를 확장한 녹림은 전 무림에 퍼져 있습니다. 놈들이 원하는 바를 적당히 들어주면서 부려먹기에 딱 좋다는 말이지요."

"흠, 종으로 부리자? 나쁜 생각은 아니다만 다들 말들이 많을 텐데."

"녹림이 요구하는 것은 비무첩을 취득할 수 있는 자격이지 비무첩 그 자체가 아닙니다. 그 정도 도전도 감수하지 못하는 자들은 본궁에도 전혀 도움이 되지 않는 작자들일 것입니다."

생각보다 강경한 순후의 발언에 독고유가 껄껄 웃었다.

"지금의 자리에 안주하고 있는 병신들이 네 말을 들어야 하는데 말이다. 녹림의 요구를 들어주도록 해라. 대신 제대로 된 놈을 보내라고 해. 기회는 한 번뿐이니까."

"그리 전하겠습니다. 감사합니다, 궁주님."

"흥! 제 놈들끼리 아웅다웅하는 놈들이 녹림이 보내온 아이를 보곤 어떤 반응을 보일지 궁금하구나. 이 정도 요구를 할 정도라면 꽤나 강한 놈을 보내올 텐데 말이야. 그리고 무엇보다 그놈."

독고유의 눈빛이 어떤 기대감으로 반짝였다.

"오고 있다고?"

"예. 지금 속도를 감안했을 때 보름 정도라면 도착할 수 있을 것 같습니다."

순후가 오전에 받은 은혼의 전갈을 떠올리며 대답했다.

"참으로 고얀 놈이로고."

짐짓 화를 내는 것 같았지만 독고유의 얼굴은 분명 웃고 있었다.

"본좌를 기다리게 한 벌을 줘야겠다. 녀석이 오고 있음을 모두에게 알려라."

"귀찮은 일이 벌어질 겁니다."

"그러라고 하는 일이다."

얼굴 가득 웃음을 지은 독고유가 뭔가 생각났다는 듯 말했다.

"아, 대신 녀석이 음양쌍괴를 박살 냈다는 얘기는 빼도록 해라. 아무리 전성기가 지났다고 해도 음양쌍괴다. 그만한 고수를 박살 냈다는 것을 알면 누가 도전을 하겠느냐. 그럼 재미가 없지."

"알겠습니다."

대답을 하면서 순후는 조용히 쓴웃음 지었다.

아무리 생각을 해봐도 지금의 조치는 풍월에게 벌을 주려는 것이 아니라 그의 손을 빌려 일차적인 경쟁에서조차 나가 떨어진 누군가들에게 벌을 주려는 것 같기 때문이었다.

*　　　　*　　　　*

"또냐?"

작렬하는 뜨거운 햇살 아래, 땀으로 범벅이 된 채 걷던 풍월이 앞을 가로막는 사내들을 보며 신경질적인 반응을 보였다.

"중년의 사내는 금황문의 이총입니다. 금황문주의 동생이죠. 옆에 청년은 잘 모르겠지만 그의 아들쯤 되겠네요."

은혼이 넌지시 일렀다.

"마찬가지로 화평연에 나가려는 놈이겠죠?"

"그렇게 예상됩니다."

은혼의 말에 풍월이 짜증 나는 표정으로 소리쳤다.

"이번이 세 번짼가요? 화평연에 나가고 싶으면 딴 데 가서 알아볼 것이지 왜 자꾸 나한테 오는지 모르겠네요."

"일전에 말씀드렸다시피 예비 후보로 풍 공자님이……."

"그것도 그래요. 대체 누구 마음대로 날 예비 후보로 올려요? 눈곱만큼도 생각하고 있지 않는데."

풍월이 신경질적으로 노려보자 은혼이 진땀을 빼며 변명을 했다.

"그, 그게 궁주님께서……."

풍월이 손을 들어 말을 잘랐다.

"보고드려요. 계속 이런 식이면 곤란하다고. 여차하면 반대편으로 나가 버리는 수가 있다고요."

은혼이 뜨악 하는 표정을 지었다. 패천마궁의 궁주에게 협박질이라니. 오직 풍월만 가능한 일이었다.

"왜 말을 안 해요? 마지막입니다. 다시 한번 저런 떨거지가 내 앞을 가로막으면 약속이고 뭐고 그냥 돌아갈 겁니다."

그냥 더위에 지쳐 짜증을 내는 것이 아니라는 생각을 한 은혼이 진지한 얼굴로 고개를 끄덕였다.

"알겠습니다. 바로 보고하겠습니다."

"아, 은 형한테 화내는 건 아니니까 이해해 줘요."

"물론입니다."

은혼이 표정을 풀자 풍월이 주변을 두리번거리더니 적당한 크기의 나뭇가지 하나를 꺾었다.

"후. 그나저나 빨리 마음에 드는 무기를 찾아야지. 이게 뭐하는 짓인지."

나뭇가지를 몇 번 휘돌리며 한숨을 내쉬었다.

화도에서 들고 나온 검과 도를 폭풍에 잃은 뒤 풍월은 지금껏 마음에 드는 무기를 찾지 못했다. 기회가 될 때마다 자신의 손에 맞는 검과 도를 찾아보기는 했지만 이상하게도 눈에 차지를 않았다. 결국 그때그때 필요에 따라 그냥 손에 잡히는 무기를 사용하고 있기는 하나 언제까지 그럴 순 없는 노릇이다.

"제 검을 사용하시는 것이……."

은혼이 검을 풀었지만 풍월이 거절했다.

"됐어요. 한두 번도 아니고."

풍월의 손이 쓱쓱 움직일 때마다 잔가지가 사라지고 순식간에 목도가 모습을 드러냈다. 날도 없고 투박하기 짝이 없었지만 그다지 상관은 없었다.

"금황문의 이표다. 네가 풍월이란 놈이냐?"

은혼이 이총의 아들일 것이라 예상한 청년, 이표가 풍월이 들고 있는 목도를 못마땅한 얼굴로 쳐다보며 물었다.

풍월이 은혼을 돌아보며 한숨을 내뱉었다.

"참 한결 같네요. 이놈이나 저놈이나 싸가지 없는 건."

은혼이 이표와 그 뒤에서 지켜보고 있는 이총을 힐끗 바라보며 나직이 말했다.

"그래도 죽이면 안 됩니다."

"은 형도 참. 똑같은 말을 몇 번이나 하는 겁니까? 안 죽여요. 내가 무슨 살인마도 아니고."

풍월이 신경질적으로 반응했지만 은혼은 아랑곳하지 않고 몇 마디를 덧붙였다.

"부상도 적당히요. 다들 반병신을 만들었지 않습니까?"

"누가 덤비랍니까? 제 놈들이 자초한 걸 가지고."

시큰둥하게 대꾸한 풍월이, 무시를 당했다고 생각했는지 흥분하여 거칠게 콧김을 내뿜는 이표를 향해 목도를 내밀었다.

"혹시 몰라 물어보는데 그냥 가는 게 어때? 이 더운 날 드잡이할 생각이 없으니까."

"건방진 새끼!"

이표가 풍월을 향해 걸어갔다.

당장에라도 유들거리는 면상을 후려치고 모가지를 확 비틀어 버려야 속이 편할 것 같았다.

이표가 다짜고짜 검을 휘둘렀다.

손잡이부터 검신까지 검은색 일색인 독특한 검이다.

검은 생각보다 빠르고 날카로웠다. 풍월의 목을 단숨에 베어버리겠다는 기세가 대단했다.

"안 돼!"

뒤에서 지켜보던 이총이 깜짝 놀라 소리쳤다.

화평연에 출전할 수 있는 자격을 얻기 위해 예비 후보로 뽑힌 이들 중 원하는 상대가 있다면 언제든지 도전을 해도 상관은 없지만 그래도 상대의 목숨을 빼앗으면 안 된다.

실수로라도 목숨을 빼앗으면 설사 이겼다 해도 화평연에 출전할 수 없는 것은 물론이고 그가 속한 가문이나 문파는 엄중한 문책을 받기 때문이었다.

이표도 바보는 아니었다. 겉으로는 잔뜩 흥분한 것처럼 보였지만 눈빛만큼은 착 가라앉아 있었다. 물론 처음에 흥분한 것은 맞다. 하지만 화평연을 노릴 정도로 나름 뛰어난 실력을 지닌 그는 검을 움직이는 시점에서 이미 냉정을 되찾은 상태였다.

금방이라도 목을 베어버릴 것 같았던 검이 살짝 방향을 바꿨다.

이표는 제대로 반응을 하지 못하는 풍월을 보며 그가 철산마도의 무공을 제대로 이어받은, 상당한 실력자라는 소문은 확실히 과장된 것이라 판단했다.

'화평연의 비무첩은 내 것이다.'

이표의 입가에 미소가 지어졌다.

달콤한 상상은 눈 깜짝할 사이에 박살이 났다.

검을 타고 올라와야 하는 짜릿한 감각은 어디로 가고 생경한 고통이 전신을 관통했다.

"아윽!"

이표의 입에서 비명이 터져 나왔다.

비틀거리며 물러나는 그의 눈은 고통과 경악으로 가득했다.

이표가 믿을 수 없다는 얼굴로 검을 든 손을 바라보았다.

팔뚝 아래 감각이 없었다.

힘도 들어가지 않았다.

축 늘어진 것이 누가 봐도 부러진 것이 틀림없었다.

"이, 이게 무슨. 도대체 어떻게……."

이표는 멍한 얼굴로 부러진 팔과 목도를 어깨에 턱 걸치고 있는 풍월을 번갈아 바라보았다.

뒤에 있던 이총은 이표보다 더욱 놀라고 있었다.

이표는 자신이 어떻게 당한 것인지도 알지 못했지만 이총은 똑똑히 보았다.

이표의 검은 분명히 풍월의 몸에 닿았다. 아니, 닿기 직전, 어떤 힘에 의해 튕겨져 나갔고 뒤따라 온 목도에 의해 팔뚝이 박살 났다.

검을 튕겨낸 것은 틀림없는 호신강기.

아무리 철산마도에게 무공을 배웠다고 해도 이제 겨우 스물 남짓한 애송이가 그 정도로 막강한 호신강기를 지녔다는 것이 도저히 믿기지 않았다.

소문으로만 들려오던 풍월의 힘을 제대로 목도한 이총은 당장 싸움을 말려야 한다고 생각했다.

팔이 부러진 순간 이미 싸움은 끝난 것이나, 자존심이 하늘을 찌르는 이표가 순순히 인정할 리가 없을 터. 뒤에 벌어질 일은 상상하기도 싫었다.

하지만 생각보다는 몸이 먼저 움직여야 했다.

"뒈져랏!"

거친 욕설과 함께 이표의 몸이 크게 회전을 하고 동시에 그가 몸에 지니고 있던 유엽도 다섯 자루가 풍월을 향해 날아갔다.

판단은 나쁘지 않았다.

이표가 날린 유엽도는 금황문이 만독방의 도움을 받아 독자적으로 만들어낸 것이다.

몸체는 금강석만큼이나 귀하다는 한빙옥을 갈아서 만든 것인데 한빙옥은 호신강기를 전문적으로 파괴하는 데 탁월한 효과가 있었다.

거기에 만독방이 제공한 독액에 꼬박 열흘을 담가 독을 흡수한 터라 피부에 스치기만 해도 목숨이 위태로울 정도였다.

풍월을 향해 날아가는 유엽도의 색이 희다 못해 투명한 한빙옥 본연의 색을 잃고 검게 변해 버린 이유는 만독방이 제공한 독을 흡수했기 때문이다.

이표가 전력으로 날린 유엽도는 빛살처럼 날아가 풍월의 목과 가슴, 단전을 노렸다.

풍월이 유엽도를 향해 소맷자락을 휘둘렀다.

맹렬히 달려들던 유엽도는 풍월이 휘두른 소맷자락에 휘말리며 순식간에 힘을 잃고 말았다.

탁. 탁. 탁.

소맷자락을 따라 돌던 유엽도가 풍월의 손에 나란히 떨어졌다.

자신의 공격이 너무도 허무하게 막혔음에도 이표의 표정은 나쁘지 않았다. 오히려 입가에 비릿한 미소가 지어졌다.

이표의 표정에서 뭔가를 느낀 풍월이 코웃음을 치며 말했다.

"표정을 보니 독이라도 묻혀놓았나 보네."

"병신 같은 놈! 네놈의 그 잘난 자만심이 널 지옥으로 안내할 것이다."

이표가 차갑게 웃었다.

유엽도가 풍월의 몸을 파고들지는 못했다. 하지만 유엽도에 흡수된 독은 단순히 만지기만 해도 피부를 통해 상대를 중독시킬 수 있었다. 장담컨대 잠시 후면 풍월은 피를 토하고 쓰러질 것이다.

"진짜네."

풍월은 손바닥이 저릿해 오는 느낌에 유엽도를 바닥에 던지며 미간을 찌푸렸다.

순간적으로 어지럼이 느껴지는 것이 유엽도를 통해 파고든 독의 위력이 자신이 몸에 지닌 독의 내성을 뛰어넘는 것 같았다.

풍월은 즉시 자하신공을 운용하며 독의 확산을 차단했다. 그러고는 한쪽으로 독을 몰아갔다.

혹여라도 이표가 무리한 공격을 하여 역공을 받을까 걱정했던 이총은 이표의 공격이 성공했음에 안도하며 이총은 이미 해독제를 꺼내 만일의 상황에 대비했다.

패배를 인정하고 도움을 요청하거나 아니면 버티다 정신을 잃는 즉시 복용을 시킬 생각이었다.

한 걸음 떨어져서 이를 지켜보는 은혼이 어둔 표정으로 한숨을 내쉬었다.

지금 그가 걱정하는 사람은 풍월이 아니라 이표다.

풍월의 실력이 어떠한지 누구보다 잘 알고 있는 그는 풍월이 저 정도의 독 따위에 목숨을 잃지는 않으리라 확신하고 있었다.

무작정 독을 살포했다가 풍월에게 사지가 부러진 잠영루의 병신이 떠올랐다. 이표도 같은 꼴을 당할 확률이 무척이나 높았다.

풍월이 왼손 손톱으로 유엽도를 만졌던 오른손의 새끼손가락 끝을 갈랐다.

검붉은 액체가 쪼르르 흘러내렸다.

풍월의 몸에 침투했다가 자하신공의 힘에 밀려난 독이 오염된 피와 함께 배출되었다.

"……."

이표의 눈이 경악으로 부릅떠졌다.

독이 몸에 침입을 했을 때 풍월과 같은 방식으로 독을 치료할 수도 있다는 것은 그도 알고 있었다. 다만 그럴 만한 실력을 지닌 사람이 결코 많지 않다는 것이 문제라면 문제였다.

비로소 느꼈다. 풍월은 자신이 상대할 수 있는 인물이 아니라는 것을.

"독이란 말이지."

조용히 내뱉은 풍월이 이표를 향해 걸음을 내디뎠다.

풍월의 전신에서 무시무시한 기세가 뿜어져 나왔다. 살기는 아니나 기세에 눌린 이표는 옴짝달싹할 수가 없었다.

풍월의 기세에 반응한 사람은 이총이었다.

자칫하면 이표가 목숨을 잃을 수도 있다고 판단한 이총은 주저 없이 몸을 날리며 검을 찔렀다.

금황문의 독문검법인 추섬단영검(追閃斷影劍)이다.

조금 전, 이표의 검도 빨랐지만 이총에 비할 바는 아니다.

단 한 번의 움직임에 불과했으나 풍월은 전신 곳곳의 요혈에 위협을 느꼈다.

위험을 감지한 풍월이 즉시 뇌운보를 펼치며 회피를 시작했다.

팡! 팡! 팡!

허공을 격한 검 끝에서 파공성이 터져 나왔다.

첫 번째 공격에 실패한 이총이 풍월을 쫓으며 재차 검을 휘둘렀다. 하지만 추섬단영검의 쾌속함에 비해 그의 움직임이 뇌운보를 따라잡지 못했다.

뇌운보를 이용해 완벽하게 위기에서 벗어나자 곧바로 반격을 가했다.

이총의 얼굴이 일그러졌다.

이표와의 대결을 통해 풍월이 고수라는 것은 분명 알고 있었다. 해서 목숨을 건다는 각오로 검을 휘둘렀다. 그럼에도 너무 쉽게 막혔다.

품에 든 유엽도를 떠올렸다가 이내 고개를 저었다. 어차피 통할 리도 없었고 왠지 구차하다는 생각 때문이었다. 대신 마지막이란 생각을 하며 전력을 다해 검을 뻗었다.

이총을 중심으로 수십 개의 검영이 빛살처럼 짓쳐들었다.

추섬단영검의 절초인 추뢰산영(追雷散影)이다.

풍월의 목도에서 웅웅거리는 소리가 들렸다.

단전에선 독의 치료를 위해 잠시 자리를 차지했던 자하신공이 아니라 묵천심공의 기운이 폭발하고 있었다.

구산팔해가 펼쳐지며 이총이 뽑아낸 검영을 모조리 삼켜버렸다.

별다른 충돌음도 충격파도 없었다. 그저 저녁놀이 어둠에 잠식당하듯 그렇게 소리 없이 사라진 것이다.

텅.

이총이 검을 놓쳤다.

덜덜 떨리는 손이며 창백한 피부, 입가를 타고 핏물이 주르륵 흘리는 것을 보아 꽤나 큰 충격을 받은 것 같았다.

"풍 공자."

어느새 달려온 은혼이 두 사람 사이에 끼어들었다.

이총의 공격은 이표와 완전히 궤를 달리한다.

이표는 화평연의 비무첩을 위해 시간과 장소를 불문하고 도전할 수 있는 자격이 있지만 이총은 아니었다.

풍월이 당장 그의 목을 날려 버린다고 해도 막을 명분이 없었다. 설사 어떤 명분이 없다고 해도 있는 서로가 다툼을 벌이고 누군가의 목이 떨어지는 것은 패천마궁에선 너무도 비일비재한 일이고 그로 인해 대규모의 싸움으로 확장된다거나 상황이 최악으로 악화되지 않는 한 패천마궁에서도 어지간하면 문제 삼지 않기 때문이었다.

은혼의 걱정과는 달리 풍월은 따로 손을 쓸 생각은 없는 것 같았다.

"저놈이 아들이요?"

풍월이 목도로 이표를 가리키며 물었다.

"조카네."

"병신 같은 조카 때문에 숙부가 고생하는구려."

풍월이 목도를 휙 던졌다. 화살처럼 날아간 목도가 이표의 정강이를 부러뜨렸다.

이표가 죽는다고 비명을 질렀지만 이총의 시선은 풍월에게 고정되어 있었다.

"놈과 같은 짓을 했다면 이렇게 끝나지는 않았을 거요."

풍월의 말에 이총의 몸이 움찔했다. 몸에 지니고 있던 유엽도를 사용할까 고민하던 그 찰나의 순간을 풍월이 눈치챘다는 것이 놀랍기만 했다.

"참, 화평연인가 뭔가는 포기하라고 전해요. 어림없으니까. 솔직히 전에 만났던 녀석들에 비해서도 영 아니고."

이총은 풍월의 말에 의문이 들었다.

'전에 만났던? 전에 만났던 자들이 있단 말인가? 그런 말은 듣지 못했는데…….'

풍월은 이제 볼일은 다 봤다는 듯 콧노래를 흥얼거리며 깊은 생각에 잠긴 이총을 스쳐 지나갔다.

은혼이 이총에게 다가와 조용히 말했다.

"묵영단의 은혼이라 합니다."

묵영단이란 말에 이총의 눈동자가 크게 흔들렸다.

"걱정하지 마십시오. 오늘 일은 불문에 붙이겠습니다. 대신 조건이 있습니다."

"무엇… 인가?"

이총이 떨리는 음성으로 물었다.

은혼은 고개를 돌려 풍월이 충분히 떨어져 있음을 확인하고서도 목소리를 최대로 낮췄다.

"조카분의 도전도 불문에 붙이는 것으로 하지요. 절대 소문이 나서는 안 될 겁니다."

"그게 무슨… 아, 혹시?"

이총의 눈이 커졌다. 다른 도전자들이 있었다는 말을 듣지 못한 이유가 어렴풋이 이해됐다.

"궁주님의 뜻입니다."

은혼은 의미심장한 웃음을 남기고 서둘러 풍월의 뒤를 쫓았다.

*　*　*

"저곳입니다."

은혼이 가리키는 곳으로 시선을 돌린 풍월은 한참 동안이나 아무런 말도 할 수가 없었다.

구중궁궐(九重宮闕)이란 말이 있다. 문이 겹겹이 막힌 궁궐이란 뜻으로 그만큼 엄중히 보호받고 은밀한 곳을 일컬을 때 쓰는 말이다.

한데 눈앞에 진정한 구중궁궐이 펼쳐져 있었다.

문이 아니라 헤아릴 수 없을 정도로 많은 산봉우리들이 겹겹이 둘러쳐 있다는 것이 다르지만.

"딱히 담이라는 게 필요가 없겠네요. 봉우리, 능선이 담이 되고 문이 될 테니까요."

"하하! 꼭 그렇지는 않습니다. 보다 안쪽으로 들어가시면 패천마궁이 얼마나 큰 규모로 축성되었는지 보실 수 있을 겁니다."

"서문세가와 비교해 보면 어떤가요?"

풍월이 물었다. 그가 무림에 와서 본 가장 넓은 규모의 집이 바로 서문세가였다.

"글쎄요. 정확히 측정해 보질 않아서. 그래도 최소한 다섯 배는 되지 않을까 싶습니다."

"다섯… 배나요?"

풍월의 눈이 휘둥그레졌다.

"그렇게 놀랄 건 없습니다. 애당초 규모가 다르니까요. 서문세가는 단일세가지만 패천마궁 안에는 많은 문파들이 모여 있으니까요."

"패천마궁을 지탱하는 열여덟 개의 기둥을 말하는 거군요. 구문칠가일방일루(九門七家一幇一樓)."

"정확합니다."

은혼은 풍월이 자신의 설명을 정확하게 기억하고 있음을 확인하곤 기분이 좋았다.

과거 풍월은 패천마궁을 대표하는 세력을 구문칠가삼방이루(九門七家三幇二樓)로 알고 있었다. 하지만 철산마도가 활동하던 때는 강산이 두 번도 더 바뀐 과거다.

검선과 마도가 은거한 이후에 패천마궁에도 변화가 있었으니 삼방을 이루고 있던 잔결방과 적호방, 이루 중 적화루가 영광스런 기둥의 지위를 상실한 것이다.

그들이 멸문을 당하거나 패천마궁에서 쫓겨난 것은 아니었다. 그저 다른 이들과 어깨를 나란히 할 수 있는 힘을 잃었기에 강자존(强者存)이란 절대의 법칙이 존재하는 패천마궁에서 자연스레 도태된 것이다.

물론 그들이 과거의 세를 회복한다면 언제든지 지위를 회복할 수 있는 것이다. 반대로 말하면 지금 영광을 누리고 있는 세력들 또한 힘이 약해지면 잔결방과 적호방이 그랬던 것처럼 가차 없이 도태될 수 있다는 것을 의미했다.

또한 그들 말고도 패천마궁의 휘하에는 수없이 많은 군소 세력들이 호시탐탐 영광의 자리를 노리고 있었다.

"아, 그렇다고 그들이 이곳에 머무는 것은 아닙니다. 지부 형식으로 건물 하나씩을 차지하고 있는 것이지요. 제가 설명을 했던가요?"

"예, 곳곳에서 각자의 영역을 구축하고 있다고 했습니다. 대표적으로 흑룡묵가가 떠오르네요."

풍월이 항주에서의 악연을 떠올리며 웃자 은혼의 입가에 쓴웃음이 지어졌다.

"제가 알기로 근래 들어 외부적으로 가장 활발한 활동을 하는 가문입니다. 항주에서의 일로 많이 위축되기는 했지만."

"아참, 흑룡묵가는 비무첩을 확보한 모양이네요."

"그런 것으로 알고 있습니다만 어째서 그러시는지요?"

"확보하지 못했다면 이렇게 침묵을 지키고 있지는 않을 테니까요. 제가 이곳까지 오면서 몇 놈을 만났는지 아시잖습니까?"

풍월의 의미심장한 물음에 당황한 은혼이 연신 헛기침을 하다가 말했다.

"항주에서 그리 당했으니 설사 비무첩을 노린다고 해도 다른 자를 상대하지 풍 공자에게 도전하진 않았을 겁니다."

"그럴 수도 있겠네요. 그런데 좀 이상하잖아요. 흑룡묵가가 그렇게 당했는데 다들 용감하게 덤비는 걸 보면. 그 누구였지요, 제가 상대한 고수가? 천……."

"천… 풍권 선배입니다."

은혼이 주저하며 말했다.

"맞다, 천풍권. 그런데 천풍권 정도면 패천마궁에서도 상당히 알아주는 고수라면서요."

"그렇… 지요."

은혼의 음성이 점점 작아졌다.

"그런 고수를 쓰러뜨린 내게 도전을 한다? 다른 놈들을 놔두고? 다들 바보 아닙니까? 그게 아니면……."

풍월이 애써 시선을 회피하는 은혼에게 얼굴을 들이밀며 말했다.

"누군가 의도적으로 그 사실을 막고 있다던가요."

"그, 글쎄요. 흑룡묵가 자체에서 입을 다물고 있는 게 아닐까요?"

은혼이 눈치를 보며 말했다.

"망신살이 뻗쳐서?"

"예."

은혼의 대답이 곧바로 튀어나오자 풍월은 묘한 웃음을 지으며 그의 얼굴을 빤히 바라보았다.

"왜, 왜 그런 눈으로 보는 겁니까?"

은혼의 목소리가 살짝 떨렸다.

"흐흐흐."

"아, 아니, 왜 그러냐니까요?"

은혼이 당황함을 감추기 위해 신경질적으로 목소리를 높이자 풍월이 씨익 웃으며 그의 어깨를 툭 쳤다.

"뭘 화를 내고 그래요. 누가 뭐라 했다고. 자, 빨리 가죠. 목표가 코앞이잖아요. 임무를 마쳐야지요."

"예? 예."

성큼성큼 걸어가는 풍월을 보며 은혼은 나직이 한숨을 내뱉었다. 지친 표정이 역력한 그의 이마에서 식은땀 하나가 흘러내렸다.

"어이쿠! 월척이로세."

새하얗게 센 머리카락과는 다르게 구릿빛 피부에 크고 단단한 덩치를 자랑하는 노인이 호들갑을 떨며 낚싯대를 끌어당겼다. 낚싯줄을 요리조리 끌고 다니며 제대로 손맛을 안긴 붕어가 얼굴을 내밀었다.

"흥, 손바닥만 한 놈을 가지고 요란을 떨기는."

누가 봐도 한 자가 넘는 월척이나 곁에서 못마땅한 얼굴로 지켜보던 독고유에겐 아닌 모양이었다.

"쯧쯧, 인정할 건 인정을 해야지. 명색이 패천마궁의 궁주라는 작자가 그리 속이 좁아서야."

"뭐야?"

독고유가 눈을 부라렸지만 노인, 풍천뇌가의 노가주 뇌량은 두려워하기는커녕 오히려 비웃음을 흘렸다.

"눈을 부라리면 왜? 납작 엎드려야 해? 흥! 다들 알아야 할 텐데 말이야. 하늘처럼 떠받드는 궁주가 샘도 많고 속도 좁다는 걸 말이야. 안 그래?"

뇌량이 동의를 구했지만 순후는 딴청을 피우며 먼 산만을 바라보았다.

"흥! 군사라는 놈도 똑같단 말이지."

"누가 속이 좁은 줄 모르겠네."

뇌량이 잡은 붕어의 크기를 슬며시 가늠해 보던 독고유가 코웃음을 치며 말했다.

"무슨 말이야?"

이번엔 뇌량이 눈을 부라렸다.

"아까부터 왜 그렇게 까칠하고 신경질적인데?"

"내가 언제?"

뇌량이 버럭 화를 냈다.

"그거야 자네가 더 잘 알겠고. 손자 놈 때문에 그러는 거야? 내가 그놈을 못 만나게 해서?"

손자 얘기가 나오자 뇌량이 들고 있던 낚싯대를 거칠게 내려놓았다.

"그래, 기왕 얘기가 나왔으니 속 시원히 말 좀 해봐. 화평연! 어째서 도전을 못 하게 막는 거야?"

"무슨 오해가 있는 모양이네."

"오해는 얼어 죽을! 화산괴룡인가 뭔가 하는 놈이 오고 있잖아. 마도 선배의 후예가."

"도전 자체를 막지는 않았어. 단지 그 상대에서 놈만 제외를 했을 뿐이지."

"그러니까 왜 막느냐고. 놈을 그저 마도 선배의 후예라는 이유만으로 화평연에 참가할 예비 후보로 집어넣은 것부터가 마음에 들지 않았어. 나만 그러는 것이 아냐. 특혜니 뭐니 하면서 말들이 많다고."

"어떤 놈들이?"

"있어, 그런 놈들이."

독고유가 눈빛을 차갑게 빛내며 묻자 뇌랑이 말을 돌렸다. 자신이야 상관없지만 궁주의 지랄 맞은 성격을 감안했을 때 자칫 엉뚱한 놈들이 치도곤을 당할 수 있기 때문이었다.

"내 반대로 물어보지. 도전을 받아줄 놈은 잔뜩 있는데 왜 그놈만 고집하려 드는 건데."

"그거야……."

뇌랑이 말끝을 흐리자 독고유가 한심하단 얼굴로 말을 이었다.

"그래, 철산도문이 근래에 등신들의 집합소처럼 변하긴 했지. 당장 저 밑으로 떨어져도 이상하지 않고. 아주 만만하지, 그렇지? 게다가 예비 후보라는 놈은 본 적도 없으니 박살을 내버려도 딱히 미안한 감정도 없을 테고."

"……."

정곡을 찔렀는지 뇌량은 부정을 하지 못했다.

"마도 선배한테 미안하지도 않나?"

"미안하긴 뭐가 미안해? 친구가 좋다고 우릴 버리고 떠난 인간인데."

"츱, 상처가 깊고만. 그래, 이해하지. 누구보다 마도 선배를 따랐던 자네니까. 그래도 마도 선배가 지하에서라도 알게 되면 많이 섭섭해할 거야."

섭섭해한다는 말에 뇌량의 눈썹이 크게 흔들렸다. 무안함을 감추기 위해 더 언성을 높였다.

"쓸데없는 소리 하지 말고. 더 이상은 막지 마. 그럼 정말 화낸다."

뇌량의 강경한 태도에 한숨을 내쉬며 고개를 저었다.

"하아! 어찌할꼬. 제 후손들을 위해 나름 열심히 배려해 주는 친구의 마음도 전혀 몰라주는 인간을."

"이건 또 무슨 헛소리야? 배려라니?"

뇌량이 쌍심지를 켜며 물었다. 독고유는 질문에 대답을 하는 대신 여전히 딴청을 피우고 있는 순후에게 손짓을 했다.

"늙은이 심통은 더 이상 못 들어주겠으니 이제부터는 네가 설명을 해라."

순후가 어색한 웃음을 지으며 다가왔다.

두 사람 사이에 끼어서 좋은 꼴을 한 번도 보지 못했던 순후는 어떻게든지 빠지고 싶었지만 명이 떨어진 이상 그럴 수가 없었다.

"이 작자가 무슨 말을 하는 거야? 배려라니?"

뇌랑이 순후가 다가오기도 전에 물었다.

다른 사람이 들으면 기함을 할 말투였다. 누구보다 충성심이 깊었던 밀은단주 위지청이 당장 검을 빼 들고 목을 치려 한다고 해도 전혀 이상할 것 없는 상황이다.

하지만 위지청은 검은 고사하고 코빼기도 비치지 않았다.

"배려 맞습니다."

"앞뒤 자르지 말고 제대로 설명해. 한 번만 더 그따위로 대답하면 모가지를 비틀어 줄 테니까."

한다면 하는 사람이다. 순후가 자기도 모르게 한 걸음 물러나며 빠르게 말을 이었다.

"풍월은 이곳으로 오는 동안 뇌융을 제외하고 정확히 일곱 번의 도전을 받았습니다."

"뭐야! 그럼 우리 아이만 도전을 못 하게 한 것이란 말이냐? 모두에게 금지령을 내린 게 아니라."

"그렇습니다."

"어째서?"

뇌랑의 눈에서 한광이 폭사했다. 보고 있기만 해도 등골이 서늘해지고 오금이 저릴 정도였지만 독고유에게 철저하게 단련이 된 순후는 큰 동요가 없었다.

"그런데 이상하지 않으십니까? 일곱 명이나 도전을 했는데 어르신께선, 풍천뇌가에선 어째서 그런 사실을 알지 못하셨을까요?"

순후의 반문에 뇌량이 고개를 갸웃거렸다.

생각해 보니 이해가 되지 않았다. 한두 명도 아니고 일곱 명이 도전을 했다면 꽤나 큰 화제가 되었을 터. 한데 어디서도 그런 말을 듣지 못했다.

"참고로 말씀드리면 도전을 했던 그 일곱 명은 모조리 박살이 났습니다. 그것도 아주 처참하게."

"다들 반병신이 되었다지 아마."

독고유가 슬쩍 끼어들며 지나가는 말로 툭 던졌다.

"하면 뭐냐? 놈에게 깨진 게 창피해서 입을 다물고 있었다는 말이냐?"

"아닙니다. 궁주님께서 함구령을 내리셨기 때문입니다."

뇌량의 고개가 독고유를 향해 홱 돌았다.

"대체 이유가 뭔네?"

"이유? 별다른 이유는 없어. 고놈이 괘씸해서 조금 귀찮게 만들려는 생각도 있었지만 사실은 강아지 몇 마리를 맹수에게 던져 놓고 버릇 좀 고쳐달라는 의미였지. 요즘 들어 어린 것들은 옛날 같은 치열함이 사라졌어. 저마다 제 가문이나 문파의 힘에 안주한 채 눈치만 본단 말이지. 해서 놈의 정보를 철저하게 차단했지."

"하면 가장 약한 상대라 판단하여 달려들 것이다?"

"그렇지. 그리고 이미 결과로 드러났고. 다른 놈들한텐 제대로 도전하지도 못하는 놈들이 그놈에겐 우르르 몰려들었으니까."

"그런데 어째서 우리 아이는 말린 건가?"

노여움으로 가득했던 뇌량의 말투가 어느 샌가 부드러워졌다.

"내가 얘기했잖아. 배려를 해준 것이라고. 그놈 실력을 감안했을 때 여차하면 병신이 되는 건 물론이고 목이 날아갈 수도 있으니까."

"놈의 실력이 소문보다 더욱 뛰어난 모양이군. 맹수라는 말도 그렇고."

"뛰어나지. 아니, 뛰어나다는 것만으로는 부족해. 정말 대단해. 장담컨대 본궁을 다 뒤져봐도 놈과 제대로 싸워 이길 수 있는 사람이 몇 없을걸."

독고유의 단언에 뇌량은 믿을 수 없다는 표정을 지었다.

"확실한 거야?"

"딴 건 몰라도 이런 것을 가지고 장난을 치진 않지. 확실해."

"정말 믿을 수가 없군."

"믿게 해줄게. 본궁의 어린놈들을 제외하고 최근에 놈과 붙은 사람이 누군지 말해줄까?"

"누군데?"

뇌량이 호기심을 감추지 않고 물었다.

"음양쌍괴."

"누… 구?"

"이젠 귀도 먹은 거야? 음양쌍괴라고. 참고로 자네가 아는 그 음양쌍괴가 맞아."

뇌량은 입을 쩍 벌린 채 한참 동안이나 말을 잇지 못하다가 혹시나 하는 표정으로 다시 물었다.

"설마 이겼다는 말은 아니겠지?"

"한심한 질문이군. 당연히 이겼지. 이겼으니까 목숨을 부지한 채 본궁을 향해 오는 것이지."

"허! 음양… 쌍괴. 음양쌍괴라니……."

뇌량은 여전히 믿기지 않는다는 듯 몇 번이나 음양쌍괴의 이름을 되뇌었다.

그때였다. 밀은단주 위지청이 순후의 눈총을 받으며 걸어왔다.

"궁주님."

"무슨 일이냐?"

"그 친구가 도착했다고 합니다."

순간 독고유의 입가에 진하디진한 미소가 지어졌다.

"어디라고 하더냐?"

"잠시 후면 궁주님의 처소에 도착할 것 같습니다. 어찌할까요?"

"이리 데려오너라."

"존명!"

위지청이 명을 받고 사라지자 독고유가 순후에게도 따로 명을 내렸다.

"장소가 그렇긴 하나 그래도 손님이라고 아무런 준비도 없이 맞이하기는 그렇구나. 간단히 술상이라도 준비하라 일러라."

"그리하겠습니다."

순후도 명을 받고 물러났다.

"쯧쯧, 잘하는 짓이다. 명색이 패천마궁의 군사인데 술 심부름이나 시키고."

혀를 차며 독고유를 힐난한 뇌량이 이내 표정을 바꾸며 물었다.

"놈이지?"

"그래."

"궁금하군. 대체 어떤 놈이기게 마도 선배가, 자네가 이리 관심을 갖는지 말이야."

평소에도 날카로운 뇌량의 눈동자가 그 어느 때보다 날카롭게 빛나고 있었다.

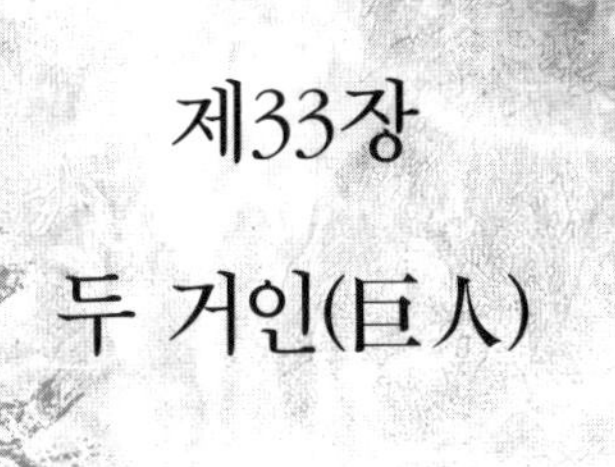

제33장

두 거인(巨人)

‘대단하네.’

밀은단원의 안내로 길을 걷던 풍월은 사방에서 느껴지는 기운에 감탄을 금치 못했다.

일전에 서문세가의 노가주를 만날 때 주변을 호위하던 자들도 상당한 실력을 지니고 있었지만 이들에 비할 바는 아니었다.

‘특히 이자.’

풍월은 자신을 안내하는 삼십 중반의 사내에게 시선을 돌렸다.

자신을 밀은단의 부단주라 소개한 그는 조금도 과하거나 부족하지 않은, 완벽하게 균형 잡힌 몸매에 주변의 다른 이들과는 달리 별다른 기세가 느껴지지 않았다.

무공을 익히지 않았다고 해도 믿을 정도로 평범한 모습이란 건 자신의 힘을 완벽하게 갈무리할 수 있을 정도의 고수를 의미하는 것이다.

무방비로 걷는 것 같아도 이상하게 빈틈이 보이지 않는 것이 그의 실력이 예사롭지 않음을 다시 느낄 수 있었다.

"다들 실력들이 대단하네요."

풍월이 은혼에게 말했다. 은혼은 풍월이 누구를 가리키는지 바로 알 수 있었다.

"궁주님을 지키는 자들이니까요. 대외적으론 사귀대가 더 알려져 있지만 밀은단이야말로 진정한 실력자들로 이뤄졌지요."

은혼의 말투에는 밀은단에 대한 자부심과 부러움이 가득했다.

"확실히 그렇게 보이네요."

풍월이 인정을 하며 고개를 끄덕일 때 갑자기 시야가 확 트이면서 굽이쳐 흐르는 강이 한눈에 들어왔다.

병풍같이 펼쳐진 절벽에 물안개가 피어오르는 그야말로 한 폭의 그림 같은 풍경이다.

풍월에겐 그런 광경이 눈에 들어오지 않았다.

낚싯대를 내려놓고 몸을 돌리는 두 노인에게서 시선을 뗄 수가 없었다. 특히 상대적으로 덩치가 작은 노인에게서 전해지는 기운은 뭐라 말로 표현하기가 어려울 정도였다.

"쳇! 제법 눈썰미가 있는 놈이로고."

뇌량은 자신이 아닌 독고유에게 시선을 고정시키고 있는 풍월을 보며 투덜거렸다. 그렇다고 그렇게 기분이 상한 것 같지는 않았다.

"풍월이라 합니다."

풍월이 두 사람을 향해 정중히 허리를 숙였다.

"오느라고 고생했다. 노부가 독고유다. 이쪽은 풍천뇌가의 노가주 뇌량이라 한다."

"네놈이 바로 마도 선배의 후예라는 놈이더냐?"

뇌량이 풍월의 전신을 훑어보며 말했다. 거친 말투며 표정이 그리 마음에 들지는 않았지만 큰할아버지와 연이 있는 듯하여 예의를 잃지 않았다.

"예, 제가 바로 그놈입니다."

풍월이 뇌량의 말투를 따라하며 웃었다. 제 딴에는 나름 분위기를 밝게 해보려고 한 것이지만 받아들이는 입장에선 그렇게 생각하지 않으면 아무런 의미도 없을뿐더러 오히려 역효과만 나는 법이다.

"네놈이 나랑 장난을 하자는 게냐?"

눈썹을 치켜세운 뇌량이 풍월을 향해 성큼성큼 다가가며 말했다.

"오냐, 꽤나 자신감이 넘치는데 과연 그만한 실력이 있는지 한번 보자."

풍천은 다짜고짜 풍월을 향해 주먹을 내질렀다.

천둥 치는 소리와 함께 강력한 권격이 들이쳤다.

설마하니 처음 만나는 자리에서 주먹질을 할 줄 몰랐던 풍월은 어이없다는 표정을 지으면서도 곧바로 손을 뻗었다. 뇌량만큼은 아니나 그의 주먹에서도 은은한 굉음이 들려왔다.

"뇌격권이로구나!"

뇌량은 풍월이 사용하는 무공이 무엇인지 대번에 알아봤다.

뇌격권은 철산도문의 독문무공이 아니라 철산마도가 풍천뇌가의 벽력신권에서 영감을 얻어 새롭게 만들어낸 권법이다. 그래서 그런지 두 권법에는 비슷한 점이 많았다.

특히 주먹을 뻗을 때마다 뒤따르는 은은한 뇌성은 벽력신권과 뇌격권의 가장 큰 특징이라 할 수 있었다.

하지만 본류가 아류를 넘어설 수는 없듯 위력에서만큼은 확연한 차이를 드러냈다.

더구나 풍천뇌가는 패천마궁에서도 세 손가락에 꼽힐 정도로 강력한 힘을 자랑하는 곳. 그 힘의 근원이라 할 수 있는 벽력신권은 마도 제일의 권법으로 풍뢰도법이라면 모를까 뇌격권으론 감당할 무공이 아니었다.

"크으."

단 한 번의 충돌로 오 장여를 밀려난 풍월을 향해 뇌량이 조소를 보냈다.

"건방진 놈. 감히 누구 앞에서 주먹질을 한단 말이냐?"

'아니, 누가 먼저 주먹질을 했는데…….'

불만이 목구멍까지 치솟았지만 풍월은 다시 참았다. 하지만 그 불만이 눈빛으로 표출된 모양이었다.

"요놈 보게. 왜? 노부의 말이 고깝게 들리느냐?"

"……."

"그게 아니라면 어디 제대로 실력을 보여봐라."

뇌량이 다시금 주먹을 휘둘렀다.

정신없이 풍월을 몰아치는 뇌량을 보며 말리긴커녕 오히려 흥미진진한 얼굴로 지켜보는 독고유. 이미 어느 정도 사전 교감이 있는 것 같기도 했다.

독고유가 풍월에게 시선을 고정한 채 술잔을 들었다.

패천마궁에서도 손꼽히는 강자인 뇌량을 어찌 상대할지 무척이나 궁금했다.

그러다 풍월이 맨손인 것을 보고 혀를 찼다.

"쯧쯧, 너무 서둘렀군. 무기는 주고 싸우게 했어야 했는데."

풍월을 가르친 화산검선과 철산마도는 모두 검과 도에서 일가를 이룬 사람들이다.

그에 반해 뇌량은 권장지각으로 일가를 이뤘다. 풍월이 뇌량을 맞아 제대로 실력을 보이려면 최소한 검이나 도를 들어야 했다.

"적당히 하라고. 무기도 없는 녀석을 공격하는 건 실력을 보겠다는 것이 아니라 그냥 괴롭……."

독고유의 말이 뚝 끊겼다.

입에 댔던 술잔을 내려놓을 생각도 하지 못하고 치열하게 공방을 벌이고 있는 두 사람을 지켜보는 독고유의 얼굴은 단순히 놀람을 넘어 경악으로 가득 차 있었다.

하지만 누구보다 놀란 사람은 풍월과 공방을 벌이고 있는 뇌량 본인이었다.

'이게 무슨…….'

뇌량은 믿을 수 없는 현실 앞에서 정말로 당황하고 있었다. 수십, 수백의 적들에게 포위를 당한다 하더라도 끝까지 냉정함을 유지할 수 있는 그였지만 지금 눈앞에서 벌어지는 상황만큼은 절대 그럴 수가 없었다.

왼쪽에서 매화처럼 흩날리는 수영(手影)이, 오른쪽에선 천둥

치는 주먹이 날아들고 있었다.

뇌격권으로 벽력신권의 공격을 감당하고 변화막측한 산화무영수가 틈을 노리며 파고들었다. 때로는 산화무영수의 부드러움으로 벽력권신의 강력함을 희석시키면서 뇌격권으로 반격을 하기도 했다.

산화무영수가 날카로움과 화려한 변화 속에 부드러움을 내포하고 있는 물이라면 눈앞에 걸리적거리는 모든 것을 부수고 말겠다는 뇌격권은 활화산처럼 타오르는 불꽃같았다.

절대적 상극이라 할 수 있는 물과 불이 오히려 한데 어우러지며 서로의 단점을 보호하니 단점은 덮어지고 장점은 극대화되었다.

그야말로 완벽한 합공.

"아!"

독고유의 입에서 탄성이 터져 나왔다.

그는 지금 화산검선과 철산마도가 각기의 수법과 장법, 권법으로 뇌량을 몰아치는 환영을 보고 있었다.

바로 그때, 수세에 몰린 뇌량의 기세가 폭발적으로 늘어나고 독고유의 눈앞에 있던 환영도 사라졌다.

독고유가 들고 있던 술잔을 던졌다.

풍월과 뇌량의 사이로 파고든 술잔이 산산조각 나면서 그 파편이 사방으로 비산했다.

막 충돌을 하려던 풍월과 뇌량이 자신들에게 향한 파편을 막아내며 치열했던 공방이 멈췄다.

"거기까지."

"무슨 소리야? 이제 시작인데."

뇌량이 흥분해서 소리쳤다.

"이 정도면 충분하잖아. 설마 목숨을 걸겠다는 거야?"

독고유의 차가운 음성에 뇌량은 아차 싶었다.

방금 전, 전력을 다해 벽력신권의 절초를 사용하려 했다. 만약 독고유가 적절한 순간에 끼어들지 않았다면 어떤 일이 벌어졌을지 장담키 힘들었다.

'이게 무슨 창피란 말이냐?'

뇌량의 얼굴이 붉어졌다. 이제 겨우 스물 남짓한 애송이를 쓰러뜨리자고 밑천을 드러내려 했던 자신의 꼴이 그렇게나 한심할 수가 없었다.

문득 의문이 들었다.

'궁주가 막지 않았다면 과연 놈을 쓰러뜨릴 수 있었을까?'

뇌량은 누구보다 직선적인 성격을 지닌, 가슴에 품은 의문을 묻어두고 가는 사람이 아니다.

"노부의 공격을 막을 수 있을 것 같더냐?"

뇌량이 호흡을 가다듬고 있는 풍월에게 물었다.

"글쎄요. 쉽게 당하지 않을 자신은 있습니다만 어르신의 권이 어느 정도 위력을 지녔는지 확실하게 가늠을 할 수가 없어 뭐라 답을 드리지는 못하겠습니다. 무엇보다 제가 부족한 것이 많아서요."

"이놈아! 과례(過禮)는 비례(非禮)라 했다. 노부 평생에 듣도 보도 못한 짓을 한 놈이 어디서 의뭉을 떨어. 세상에 어떤 놈이 성질이 전혀 다른 두 개의 무공을, 그것도 동시에 사용할 수 있더란 말이냐? 자네는 들어보았나?"

"설마."

독고유가 고개를 저었다.

"흉내라면 몰라도 이토록 완벽하게 사용하는 인물이 존재할 수 있다는 것은 보지도 못했고 들어본 적도 없지."

"들었느냐? 한데 네놈이 부족하면 그런 네놈에게 쩔쩔맨 노부는 뭐란 말이냐?"

뇌량이 독고유가 건네는 술잔을 거칠게 낚아채며 소리쳤다.

"제 말을 조금 오해하신 것 같습니다."

"오해라니?"

"제가 부족하다고 한 건 제 스스로에 대한 자책입니다. 그동안 완벽하다고 자부했는데 막상 실전에서 사용을 하니 부족한 것이 많이 보여서요."

뇌량이 양손을 동시에 휘휘 저으며 물었다.

"이거 말이냐? 억지로 움직이려 해도 잘 되지 않는군."

"예, 확실히 두 가지 무공을 동시에 사용하는 것은 힘이 드는군요. 특히 전력을 다해 펼칠 때면 각 무공의 위력이 평소보다 조금 떨어지는 것이 느껴집니다."

독고유가 고개를 저었다.

"그건 당연한 것이 아니겠느냐? 몸에 지닌 내력을 반으로 나누어서 사용하는 것일 테니. 비슷하게 내는 것만으로도 대단한 것이지."

"딱히 반으로 나누지는 않습니다만."

"그래, 반으로 나누지는… 지금 뭐라 했느냐? 반으로 나누지 않는다고?"

"예."

풍월의 태연스러운 대답에 멍한 얼굴로 바라보던 독고유가 무슨 생각을 한 것인지 표정이 점점 심각하게 변했다.

"화산의 검과 마도의 도는 절대 섞일 수 없는 무공이다. 무엇보다 모든 무공의 바탕이 되는 내공심법은 더욱 그렇지."

"당연하지. 자하심공으로 풍뢰도법을 펼친다는 건 절대로 불가능하지."

맞장구를 치던 뇌량의 표정도 갑자기 굳어졌다.

경악으로 가득한 눈으로 서로를 마주 보던 독고유와 뇌량이 동시에 물었다.

“너, 대체 어떻게 두 가지 무공을 동시에 펼친 것이냐?”

“그게…….”

풍월이 머리를 긁적이자 독고유가 떨리는 음성으로 말했다.

“설마 내공심법 또한 동시에 두 가지를… 아, 아니다. 내가 무슨 헛소리를.”

독고유가 거칠게 고개를 흔들었다.

“쯧쯧, 말이 되는 소리를 해. 손발을 움직이는 것 하고 내공심법을 운기하는 걸 어찌 같은 선상에서 비교를 해. 어떤 미친놈이 그런 시도를 할 것이며, 설사 시도를 한다고 해도 성공을…….”

혀를 차며 목소리를 높이던 뇌량은 어색하게 웃는 풍월을 보며 말끝을 흐렸다.

“혹… 시 해냈냐?”

뇌량이 조심히 물었다.

“예.”

“…….”

풍월의 대답에 독고유와 뇌량은 멍한 얼굴로 한동안 아무런 말도 하지 못했다.

“은혼.”

순후는 놀라움이 가시지 않은 얼굴로 은혼을 불렀다.

"예, 단주님."

"알고 있었나?"

"전혀 몰랐습니다."

은혼이 고개를 저었다. 순후만큼이나 그도 놀란 얼굴이었다.

"화산검선의 무공과 철산마도님의 무공을 익힌 것은 알고 있었지만 동시에 사용할 수 있다는 것은 생각지도 못했습니다. 죄송합니다."

은혼이 자신의 실수를 인정하며 고개를 숙이자 순후가 그의 어깨를 툭 쳤다.

"아닐세. 자네가 아니라도 누가 그런 생각을 하겠나? 두 가지 무공을 익힌 것만으로도 경악할 일인데 그걸 동시에 사용할 수 있는 인물이라니."

순후는 방금 전 눈앞에서 벌어졌던 풍월과 뇌량의 대결을 떠올리며 몸을 부르르 떨었다.

뇌량과 맞서면서도 조금도 밀리지 않는 풍월의 모습은 그만큼 인상적이었다. 특히 그가 화산파의 무공과 철산마도의 무공을 동시에 사용하며 뇌량을 몰아치는 모습은 오줌을 지리게 만들 정도로 충격적이었다.

'역시 내 예감이 틀리지 않았어. 그야말로 폭풍의 핵이 되겠군.'

순후는 철산마도라는 영웅의 배경에 독고유의 호감까지 지닌 풍월이 아직 후계 구도가 명확하게 정리되지 않은 패천마궁에 엄청난 폭풍을 몰고 올 것이라 생각했다.

"애당초 두 무공을 동시에 펼치는 것을 염두하고 좌수검을 익혔다는 말이구나."

독고유의 말에 풍월이 고개를 끄덕였다.

"예, 두 분의 무공을 동시에 사용할 수 있으려면 필연적으로 양손을 써야 하니까요. 검이든 도든 하나는 왼손으로 익혀야 했습니다."

"검을 선택한 것은 옳은 판단 같군. 검법보다는 아무래도 도법이 보다 많은 힘을 요구하니까."

뇌량의 말에 독고유가 핀잔을 줬다.

"우리 같은 사람이 근력을 따져서 뭐 하게? 익숙해지기만 한다면 왼손이든 오른손이든 의미는 없지."

"흠, 그렇긴 하네."

뇌량이 자신의 양손을 바라보며 고개를 끄덕였다. 벽력신권을 사용할 때 왼손이나 오른손이나 별 차이를 느낄 수 없었기 때문이다.

"한데 어째서 좌수검을 익히기로 한 것이냐? 화산검선이 쉽게 양보했을 것 같지는 않은데."

독고유의 물음에 당시 투닥거리던 할아버지들의 모습을 잠시 떠올리며 풍월이 웃으며 말했다.

"좌수검으로 일가를 이룬 사람이 없다는 말씀을 하셔서 제가 해본다고 한 것입니다."

"허!"

"꼬마 놈이 자신감 하고는!"

독고유와 뇌량이 동시에 탄성을 내뱉었다. 처음 무공을 익힐 때 풍월의 나이가 고작 열 살 남짓했다는 것을 알고 있기 때문이었다.

"어쨌거나 도박은 성공을 했구나. 정신을 완벽하게 둘로 나눠 통제를 할 수 있는 상황에서 화산의 검법과 철산도문의 도법을 동시에 사용할 수 있다면 그 위력은 능히 천하를 오시할 만하다."

독고유의 칭찬에 풍월은 쓴웃음을 지었다.

음양쌍괴와의 싸움에서 목숨을 잃을 뻔한 순간을 떠올린 것이다.

"솔직히 그런 자신감이 있기는 했지만 얼마 전에 깨달았습니다. 아직은 여러모로 많이 부족하다는 것을요."

"음양쌍괴와의 싸움에서 느낀 것이 많은 모양이구나."

"예?"

독고유가 음양쌍괴의 이름을 거론하자 깜짝 놀란 반응을 보이던 풍월은 뒤쪽에서 순후와 얘기를 나누고 있는 은혼의 존재를 의식하고 납득했다는 표정을 지었다.

"예, 여러 가지 의미에서요."

"부족함을 안다는 것은 좋은 것이지. 하지만 음양쌍괴라면 충분히 자부심을 가져도 좋을 것이다."

"솔직히 네 녀석이 음양쌍괴를 꺾었다는 말을 들었을 때 기절할 만큼 놀랐다. 그리고 직접 겨뤄보니 이 친구가 너를 찾아가려던 손자 놈을 어째서 그렇게 막았는지도 알겠고."

뇌량의 말에 독고유가 은근한 어조로 물었다.

"고맙지?"

"술이나 받게."

뇌량은 직접적인 말 대신 빈 잔에 술을 따르는 것으로 고마움을 전했다.

돈독하게 술잔을 주고받는 그들과는 달리 풍월의 표정은 과히 좋지 않았다.

"하, 그런 일이 있었군요. 한데 어째서 다른 자들은 통제를 하지 않으신 걸까요? 오히려 적극 장려하신 것 같은데요. 정보까지 통제하시면서."

"무슨 말이더냐?"

독고유가 시치미를 떼며 되물었다.

"모른 체는 하지 마시고요. 천풍권까지는 몰라도 제게 도전해서 박살 난 놈들이 한둘이 아닌데도 아무것도 모르더라고요. 제가 자꾸 쓸데없는 놈들을 보내면 아예 돌아간다고 협박까지 했는데도."

자신의 경고가 전혀 먹히지 않았다는 것에 짜증이 솟구친 풍월은 정말로 돌아가려 했다. 만약 거의 울다시피 매달리는 은혼의 노력이 없었다면 이미 진즉에 돌아갔을 것이다.

"딱히 통제를 한 일은 없다. 그냥 소란 떨지 말라고 일렀을 뿐. 순후."

"예, 궁주님."

은혼과 대화를 나누던 순후가 얼른 달려왔다.

"네가 통제를 한 것이냐?"

"예? 아, 예."

독고유의 의도를 곧바로 이해한 순후가 이내 수긍했다.

"어째서 그런 짓을 한 것이냐?"

독고유가 짐짓 노한 얼굴로 물었다.

이제 독고유를 대신해 누명을 쓸 시간이다. 잠시 머뭇거리던 순후가 한숨을 내쉬며 말했다.

"철산도문을 보호하기 위함이었습니다."

"철산도문을?"

"예."

"정확히 설명을 해보아라."

순후는 풍월의 표정을 힐끗 살피며 대답했다.

"두 분께서도 아시다시피 철산마도 노선배님이 떠나신 이후, 철산도문의 위상은 전과 같지 않습니다. 제가 알기로 풍뢰도법을 십성 이상 익혀낸 자가 없습니다. 근래 들어선 상황이 더욱 좋지 않지요."

풍월은 풍뢰도법을 십성 이상 익힌 자가 없다는 말을 듣고 깜짝 놀랐다.

"이상한데요. 어릴 적 할아버지께서 말씀하시길 사제가 한 분 계시는데 할아버지를 능가하는 재목이라고 하셨습니다. 해서 아무런 걱정 없이 떠나실 수 있었다고요."

"전, 전대 문주님을 말하는 모양이군."

"전, 전대 문주님이요?"

"그렇네. 철산마도 노선배님의 사제이자 철산도문의 전대 문주. 자네 말대로 그분의 능력 또한 대단했지. 철산도문을 이끌기에 전혀 부족함이 없으셨어. 하지만 솔직히 철산마도 선배님을 능가하는 인재는 아니셨네."

순후의 말에 독고유와 뇌량이 맞장구를 쳤다.

"맞다. 그 친구가 뛰어났다는 것은 부정할 수 없지만 마도 선배만큼은 아니지."

"그래도 대단하긴 했지. 하! 그런 친구가 그리 빨리 떠날 줄 누가 알았을까. 아마도 지금 철산도문의 꼴을 본다면 관짝을 박차고 뛰쳐나올 게야."

풍월은 독고유와 뇌량이 주고받는 말을 들으며 할아버지가 말한 사제, 철산도문의 전대 문주가 이미 세상을 떠났으며 그로 인해 철산도문이 급속도로 몰락했다는 것을 짐작할 수 있었다.

"솔직히 말씀드려 궁주님의 배려가 아니었다면 철산도문의 지위는 진즉에 끌어내려졌을 것이고 구문도 팔문으로 바뀌었을 겁니다."

풍월은 순후의 말에서 곧바로 패천마궁의 기둥이라는 구문 칠가일방일루를 떠올렸다. 팔문으로 바뀐다는 것은 기둥으로서의 명예와 지위를 잃게 된다는 뜻이다.

"츱, 솔직히 지금의 철산도문은……."

뇌량이 혀를 차며 못마땅한 표정을 지었다.

"그런 상황에서 저 아이에게 화평연의 예비 후보 자격을 주었으니 그 분란이 나는 것이지. 어찌나 말들이 많은지 귀가 따가울 정도니까. 물론 저 아이를 선택한 판단이 전적으로 옳았음을 부인하지 않겠네."

뇌량은 독고유의 눈빛이 서늘해지는 것을 느끼며 슬그머니 말을 돌렸다.

"예, 그런 반발 때문이라도 저 친구에게 많은 도전이 있었던 갑습니다. 한데 도전자가 모조리 꺾였습니다. 그것도 압도적인 차이로. 그 시점에서 저는 철산도문의 안위를 걱정했습니다."

"제가 도전자를 꺾은 것과 철산도문의 안위와 무슨 관계가 있다는 말입니까?"

풍월의 질문엔 날이 서 있었다.

"없다고 생각하나?"

"아닙니까?"

"당연히 아니지. 단순하게 생각해 보게. 과거 철산도문은 패천마궁에서도 손에 꼽힐 정도로 강력한 세력을 자랑했고 그만큼 지위와 명예를 얻었네. 하지만 세월이 흘러 그들은 도태되었고 밑에 있던 자들이 치고 올라왔지. 십 년 전, 적룡무가와의 다툼에서 자네가 말한 분의 제자, 즉 전대 문주를 비롯해 핵심 고수들이 모조리 목숨을 잃으면서 철산도문은 철저하게 몰락했네. 그런 시점에서 자네가 등장한 것이야. 철산도문이 배출한 최고의 고수, 철산마도 선배님의 무공을 고스란히 이어받은 자네가."

여리여리했던 순후의 음성에 점점 힘이 실렸다.

"여기 계신 궁주님께선 자네의 등장에 어쩌면 몰락한 철산도문이 다시금 부활하지 않을까 기대를 하셨네. 궁주님께서 그런 생각을 하셨다면 다른 세력들은 그런 생각을 하지 않을까? 만약 그런 생각을 했다면 어떤 상황이 벌어질까? 패천마궁의 군사로서 난 고민을 하지 않을 수 없었네. 자네가 다른 세력의 수장이라면 어찌할 것 같나? 과거에 자네보다 위에 있었지만 지금은 발아래에 두고 있는 누군가가 다시금 자네 머리 위로 치고 올라갈 가능성이 있다면 말일세."

"……."

"자네는 어떤 선택을 할지 모르겠네. 하지만 장담컨대 본궁의 휘하에 있는 대다수의 세력들이 철산도문을 밟아버리려 한다는 것에 내 자리를 걸 용의가 있네."

"아무리 그래도 그게 가능한 겁니까?"

풍월이 반발했다.

"당연히."

순후는 단호히 고개를 끄덕였다.

"이곳이 어디라고 생각하는 건가? 패천마궁이라네. 어설픈 동정 따위에 기대선 살아남을 수 없는 곳이지. 자네의 힘이 드러나면 드러날수록 철산도문은 그만큼 더 위험에 빠질 수밖에 없는 상황이었네. 왜? 자네가 도착하기 전에 제대로 밟아버려야 하니까. 개인의 힘으로 다시는 일어설 수 없도록 말이야. 해서 자네와의 대결을 불문에 붙이라 명할 수밖에 없었네. 사실 패천마궁의 군사로서 이런 과도한 개입은 분명 잘못한 것이네. 하지만 어쩌겠나, 궁주님께서 철산도문을 유달리 아끼시는 것을 알고 있는데다가 저 친구를 통해 자네를 꼭 이곳으로 데리고 오라고 명한 나인 것을."

풍월은 순후가 은혼을 힐끗 바라보는 것을 보며 과거 은혼을 처음 만났을 때를 떠올렸다.

순후의 말대로 은혼을 통해 자신이 패천마궁에 오지 않으면 철산도문이 완전히 몰락할 것이란 경고를 했던 것이 기억났다.

"솔직히 그 정도로 도전자가 자네에게 몰릴 줄은 생각하지 못했네. 아마도 뇌량 노가주님의 말씀대로 자네가 궁주님의 특혜를 입었다고 생각한 것이 크게 작용을 한 게 아닌가 싶네. 은혼을 통해 자네의 불만을 듣긴 했지만 자네에게 도전하는 것까지는 막을 수 없었네. 만남 자체를 불문에 붙이도록 통제하는 것만 해도 충분히 무리를 한 것이었으니까. 어쨌거나 초대를 해놓고 그리 번거롭게 만든 건 미안하게 생각하네. 자, 어떤가, 설명이 되었나?"

"……."

풍월은 퉁퉁 부은 얼굴로 입을 다물었다.

충분히 이해는 갔지만 그래도 짜증이 나는 건 어쩔 수 없었다. 특히나 자신의 의지와는 상관없이 화평연의 예비 후보가 되었다는 것이 마음에 들지 않았다.

홀로 생각에 잠긴 풍월은 독고유가 순후를 향해 아주 만족한 미소를 보내고 있는 것을 눈치채지 못했다.

"저로 인해 철산도문이 부활할 수 있다고는 생각하지 마십시오. 딱히 그들을 도울 마음은 없습니다."
"그게 무슨 소리냐? 네가 마도 선배의 무공을 이어 받았으니 당연히……."
"아니요."
풍월이 뇌량의 말을 잘랐다.
"제가 할아버지의 무공을 익힌 것은 사실이나 할아버지께서 말씀하시길 어떤 것에도 구애받지 말고 자유롭게 생각하라 하셨습니다. 거기엔 철산도문 또한 포함됩니다. 그저 말년에 남기신 무공만 철산도문에 전해달라 하셨지요. 그리고 그건 제 품 안에 있습니다."
"하지만 네가 익힌 무공은 마도 선배님의 것만은 아니다. 철산도문의 무공이야. 설마 그것을 부정하자는 것이냐?"
"화산의 무공도 익혔습니다."
풍월은 냉정하게 대꾸하곤 독고유를 향해 말했다.
"화평연의 예비 후본가 뭔가도 철회해 주십시오. 관심 없습니다."
물끄러미 풍월을 바라보던 독고유가 고개를 끄덕였다.
"알았다. 철회토록 하마. 순후."
"예, 궁주님."
"녀석에게 줄 비무첩은 어디에 있느냐? 철산도문으로 보냈느냐?"

"아닙니다. 아직 제가 지니고 있습니다."

순후가 품에서 황금빛 봉투를 꺼내 독고유에게 바쳤다.

독고유가 비무첩을 흔들며 물었다.

"마지막으로 물어보마. 정말 받지 않을 생각이냐?"

"비무첩이 그렇게 생긴 것이군요. 만나는 놈들마다 비무첩을 내놓으라고 어찌나 성화던지. 아무리 없다고 해도 믿지 않더라고요."

"쓸데없는 소리는 집어치우고. 받지 않을 생각이냐?"

"예, 필요 없습니다."

"알았다."

독고유가 비무첩을 손가락으로 튕겨 순후에게 다시 보냈다.

"감사합니다."

두 사람을 지켜보던 뇌량의 미간이 꿈틀댔다.

"지금 무슨 짓을 하는 건가?"

손을 들어 뇌량의 말을 막은 독고유가 풍월에게 착 가라앉은 음성으로 말했다.

"대신 조건이 있다."

"말씀하십시오."

"당분간 철산도문에 머물며 네가 할 수 있는 것을 해줬으면 한다."

"이미 말씀을 드렸……."

"계속 들어라."

독고유가 엄한 눈빛으로 풍월의 말을 막았다.

"마도 선배가 아무리 네게 자유롭게 선택하라고 했지만 네 무공의 뿌리가, 그래, 반쪽 뿌리가 철산도문임은 부정할 수 없는 것이다. 하나 더, 네가 생각하기에 마도 선배가 죽는 순간까지 철산도문을 위해 무공을 남겼다는 것이 어떤 의미인 것 같으냐?"

"……."

풍월은 대답하지 못했다.

"좋다. 강요는 하지 않겠다. 하지만 잘 생각해 보거라. 마도 선배만큼 철산도문을 사랑한 사람은 없었다. 그런 철산도문이 이 꼴이 된 것을 마도 선배가 알았다면… 아니다. 이 이상 말하는 것도 너무 구차하구나. 아무튼 기왕 이곳에 왔으니 철산도문으로 가기 전에 노부와 술이나 한잔하자꾸나. 이곳도 괜찮기는 하다만 바람이 거세지는 것이 좀 그러니 장소를 옮기는 게 좋겠다. 순후."

"예, 궁주님."

"이 녀석에게 쉴 곳을 내주거라. 기왕이면 목욕물도 받아주고."

"그리하겠습니다."

순후의 눈짓에 뒤에서 대기하고 있던 은혼이 재빨리 풍월의 곁으로 달려왔다.

"저와 가시지요, 풍 공자."

풍월은 은혼의 손에 이끌려 그다지 내키지 않는 걸음을 옮겼다.

풍월이 사라지기만을 기다리던 독고유가 순후를 향해 환한 웃음을 보였다.

"말이 아주 청산유수구나. 사기를 쳐도 잘 치겠어."

"궁주님만 하겠습니까?"

순후는 직접 명을 내려놓고 정작 풍월 앞에선 모든 책임을 자신에게 밀어버린 독고유의 행동을 은근히 비꼬았다.

"쯧쯧, 누가 그 주인에 그 수하 아니랄까 봐. 헛소리들은."

두 사람을 싸잡아 비난한 뇌량이 독고유에게 물었다.

"놈에게 준 비무첩을 정말 철회할 건가?"

"설마. 저만한 놈을 놔두고 미쳤다고 다른 놈을 찾아. 아무리 찾아봐도 발끝에도 미치지 못할 텐데."

"하면 어째서 그리 말을 한 건가?"

"놈은 청개구리 같은 놈이야. 권위나 힘으로 누르면 오히려 반발을 할 놈이지. 일단 시간을 벌고 제 놈이 스스로 나가게끔 만들어야지."

독고유의 시선이 순후에게 향했다.

"놈에게 비무첩을 안기는 것, 그건 네가 할 일이다."

"방법을 찾아보겠습니다."

풍월에게 철회 약속을 할 때부터 이미 예상하고 있던 순후는 별다른 불만 없이 고개를 끄덕였다. 다만 몸을 돌려 조용히 한숨을 내쉴 뿐이었다.

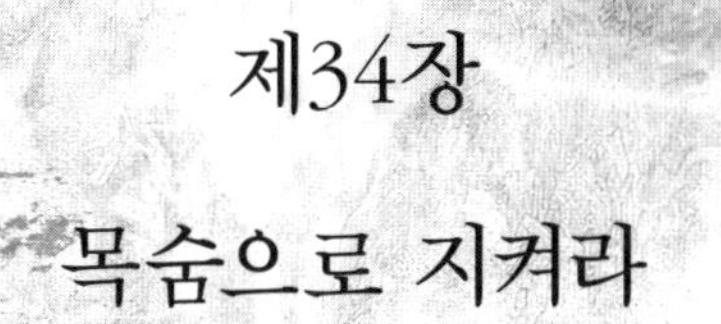

제34장

목숨으로 지켜라

패천마궁에 머물며 독고유와 뇌량에게 융숭(?)한 대접을 받고 패천마궁을 빠져나온 풍월은 은혼의 안내로 철산도문으로 향했다.

철산도문에서도 패천마궁에 장로 축오란을 필두로 상주하는 인원을 두고 있었지만 애당초 풍월은 그곳에 관심을 두지 않았다. 정확히는 독고유와 뇌량에게 꼬박 이틀 동안이나 잡혀 있느라 생각할 여유가 없다는 것이 맞았다.

하지만 여러 소문을 통해 풍월이 패천마궁에 입성했음을 알고 은근히 그를 기다리던 축오란은 풍월이 철산마도의 후예란 배경만을 믿고 자신을 무시한다고 여겼다.

이를 괘씸하게 여긴 촉오란은 풍월이 철산도문으로 떠난다는 것을 알면서 모른 척했다. 손님이 오면 패천마궁에서 상주하는 인원이 안내를 한다는 통상적인 관례를 깨버린 것이다.

하지만 풍월에겐 은혼이란 훌륭한 안내자가 있었고 패천마궁을 떠나 정확히 하루 반나절 만에 철산도문에 도착할 수 있었다.

"저곳입니다."

은혼이 커다란 건물을 가리키며 말했다.

지금껏 보아왔던 패천마궁이나 서문세가와 비교할 바는 아니나 그래도 나름 규모가 있었다. 다만 곳곳에 무너진 담벼락이며 건물의 기와가 낡고 부서진 곳이 많아 전체적으로 허름하단 인상을 받았다.

"음, 일전에 방문했을 때는 이 정도까지는 아니었는데 그때보다 더 상황이 좋지 않은 모양이네요."

은혼이 민망함을 감추며 말했다.

"가죠."

별다른 반응을 보이지 않았지만 풍월의 표정도 그리 좋지는 못했다.

풍월과 은혼이 접근하자 정문을 지키는 이들의 표정이 날카로워졌다.

"누구십니까?"

정문을 지키던 사내 한 명이 다가왔다.

"본궁에서 왔네. 묵영단의 은혼이네."

묵영단이란 말에 사내가 흠칫 놀랐다.

"아, 그러시군요. 한데 무슨 일로 본문을 방문하신 건지요?"

경계심 가득한 표정은 처음과 같았지만 한결 정중한 태도로 물었다.

"흠, 미리 전갈이 갔을 텐데. 철산마도님의 후예를 모시고 왔네."

은혼이 슬쩍 몸을 틀며 풍월을 소개했다.

철산마도라는 말에 질문을 하던 사내는 물론이고 뒤쪽에서 경계하고 있던 자들의 표정도 확 변했다.

은혼과 풍월은 그 변화가 놀람과 반가움이라는 것을 느낄 수 있었다.

"제자, 연백. 소사숙을 뵙습니다."

사내의 선창에 나머지 사내들도 정중히 허리를 숙이며 예를 표했다.

"아, 아니. 난……."

갑작스러운 상황에 당황한 풍월이 그들을 어찌 대해야 할지 몰라 하자 은혼이 슬며시 끼어들었다.

"제가 잠시 잊고 있었는데 위에서 풍 공자님의 대한 호칭 문제를 정리해야 할 필요가 있다고 여긴 모양입니다."

"제 의사는 묻지 않고 또 마음대로 일을 처리한 모양이군요."

풍월이 낯빛을 굳히자 은혼이 전에 없이 단호한 표정으로 말했다.

"공자께서 철산마도님의 후예임을 부정하지 못하는 한 당연한 일입니다. 저들에게 철산마도님은 하늘과 같은 조사니까요."

"……."

"화산에서도 이 일로 꽤 문제가 있었다고 들었습니다."

"그렇긴 하지만……."

"너무 심각하게 생각하지 마십시오. 풍 공자님을 어찌 엮어 보려는 의도는 아니라고 알고 있습니다."

"알겠습니다. 제가 너무 예민하게 반응했네요. 미안합니다, 은 형."

풍월이 깔끔하게 사죄하자 은혼이 미소로 화답했다.

"괜찮습니다. 당한 게 있으니 그럴 만도 하죠. 충분히 이해합니다. 참, 호칭은 사제 관계보다는 조손 관계를 따진 화산파의 전례를 따랐습니다. 철산마도님께서 현 문주님의 사백조가 되시니 풍 공자와 같은 배분이라 보시면 됩니다."

"아, 그래서 저보고 소사숙이라 칭한 것이군요."

"예."

문득 자신을 무척이나 따랐던 운파와 운공이 떠올랐다.

구양봉의 도움으로 청연 사형의 상세가 많이 호전되었다는 것을 전해 듣고 그간의 사정에 대해서도 간단히 소식을 전하기는 했지만 마음이 편하지 않았다.

'조만간 화산에 한번 들러봐야겠다.'

잠시 생각에 잠겼던 풍월은 철산도문의 제자들이 자신을 기다리는 것을 보곤 퍼뜩 정신을 차렸다.

"아, 미안합니다. 딴 생각을 조금 했네요."

"괜찮습니다, 소사숙. 그리고 편하게 말씀하시지요."

연백의 정중한 태도에 풍월이 어색한 미소를 흘렸다.

"그거야 뭐, 차차 그렇게 하기로 하고요. 우선 문주님께 인사를 드려야 할 것 같은데 안내를 부탁해도 될까요?"

"물론입니다."

흔쾌히 대답한 연백이 몸을 돌리며 신호를 보내자 같이 경계를 하던 사제 마품이 서둘러 안쪽으로 뛰어들어 갔다. 풍월이 도착한 것을 알리기 위함이었다.

연백의 안내를 받으며 철산도문으로 들어선 풍월은 이내 미간을 찌푸렸다.

철산도문 내부는 허름한 외부보다 상황이 더 좋지 않았다.

곳곳에 무너진 전각들이 눈에 들어왔다. 심지어 불탄 전각도 보였다. 황폐해진 연무장은 아직도 정리가 되지 않았다.

풍월의 시선이 연백에게 향했다. 그러고 보니 팔에 붕대를 감고 있는 것이 부상을 당한 것 같았다.

풍월의 시선을 의식한 은혼이 연백에게 물었다.

"실례긴 하네만 철산도문에 무슨 일이라도 있었던 건가? 어째 분위기가 안 좋아 보이는군."

잠시 망설이던 연백이 입술을 꽉 깨물더니 입을 열었다.

"사흘 전, 적룡무가 놈들이 시비를 걸어왔습니다."

"적룡무가가?"

"예, 이달에만 벌써 세 번째입니다."

연백이 다시금 입술을 깨물며 심호흡을 했다. 분을 참기 위해 애쓰는 모습이 안쓰러울 정도였다.

은혼이 그 이유를 궁금해하는 풍월을 의식해 다시 물었다.

"적룡무가하고 철산도문이 이전부터 사이가 좋지 않은 것은 알고 있었지만 세 번째라니 이건 조금 심하군. 대체 이유가 뭔가?"

"선배께서 말씀하신 대로 옛부터 사이가 좋지 못했습니다. 이런저런 사소한 이유, 때론 아무런 이유도 없이 충돌은 하곤 했지요. 하지만 이번엔 확실한 이유가 있습니다."

은혼은 이미 짐작하고 있었지만 모른 척 물었다.

"그것이 무엇인가?"

연백의 시선이 풍월에게 향했다.

"소사숙 때문입니다."

"나?"

풍월이 눈을 휘둥그레 뜨며 물었다. 갑작스레 불똥이 튀자 당황하는 기색이 역력했다.

"그렇습니다. 정확히는 소사숙께 할당된 화평연의 비무첩을 노린 것이지요."

"하!"

비무첩이란 말이 또다시 튀어나오자 풍월의 입에서 탄식이 터져 나왔다.

자신이 원하지 않았음에도 자꾸만 복잡한 상황에 엮이는 것이 너무도 마음에 들지 않았다.

"그러니까 그자들이 비무첩을 내놓으라고 세 번이나 찾아와 이 지경을 만들었단 말이야?"

풍월이 망가진 전각을 가리키며 물었다. 어느새 자신도 모르게 편히 말을 하고 있었다.

"예."

"미친놈들이네. 비무첩을 원하면 날 찾아올 것이지 왜 쓸데없는 짓을 하는 거야. 어, 그런데 은 형."

"예, 공자."

"적룡무가는 비무첩을 얻었다고 하지 않았습니까? 그렇게 기억하는데."

"맞습니다. 적룡무가는 이미 비무첩을 얻었습니다."

"그런데 왜 이 지랄을 하는 거랍니까?"

"또 다른 후보를 내고 싶은 것이지요."

"예?"

풍월이 이해를 하지 못하겠다는 얼굴을 하자 은혼이 차분히 설명을 시작했다.

"처음 화평연이 열렸을 때 이를 주재한 사마세가에선 본궁과 정무련 쪽에 각기 열 장의 비무첩을 보내왔습니다. 첫 번째 화평연이 끝난 뒤, 두 번째 대회부터 사마세가에선 비무첩을 받을 대상을 자신들이 아닌 패천마궁과 정무련에서 자체적으로 선발하도록 만들었습니다. 이후, 정무련에선 구파일방과 사대세가, 그리고 다른 문파들에게 적당한 비율로 비무첩을 배당했지만 본궁은 다릅니다. 자체 내에서 치열한 경쟁을 뚫고 비무첩을 얻고 패천마궁이란 이름을 걸고 나섭니다. 비무첩을 놓고 벌이는 경쟁은 참으로 치열하다 못해 살벌하지요. 또한 철저하게 후보의 실력을 따집니다. 지금 당장 아무리 막강한 전력을 지니고 있다고 하더라도 제대로 된 후기지수를 배출하지 못하면 비무첩을 받아내지 못합니다. 대표적으로 풍천뇌가가 그렇습니다. 당대의 풍천뇌가는 역대 최고의 힘을 지닌 것으로 평가받지만 비무첩에 도전하고 있는 후기지수가 영 보잘 것 없습니다. 결국 예비 후보에서 탈락하며 비무첩을 받지 못했습니다. 열심히 도전을 하고 있는 것 같기는 한데 성공할 수 있을지는 미지수입니다. 그에 반해 적룡무가는 풍천뇌가를 능가하는 힘을 지니고 있으면서도 후기지수 또한 제대로 키워냈습니다. 벌써 두 개의 비무첩을 확보했으며 마음만 먹으면 그 이상을 얻을 수도 있다는 평가입니다. 다만 다른 세력들과의 관계를 생각해서 그렇게 하지 않을 뿐입니다. 참고로 한 세력에서 가장 많은 비무첩을 얻어 화평연에 참가한 곳이 바로 풍천뇌가입니다. 무려 세 명의 후기지수가 비무첩을 들고 패천마궁의 대표로 나선 것이지요."

풍월은 이틀 동안이나 쉬지 않고 술잔을 기울였던 뇌량이 어째서 그렇게 화평연에 대해 예민하게 반응했는지 비로소 이해를 할 수 있었다.

"아무튼 그렇게 잘난 적룡무가에서 세 번째 비무첩을 노리고 있다는 말이군요."

"그렇습니다."

"다른 세력들을 배려한다고 했는데 거기에서도 철산도문은 배제된 것이겠고요."

"철산도문과 적룡무가의 사이가 좋지 못하다는 건 패천마궁에서 모르는 사람이 없습니다. 특히 십 년 전, 어지간하면 개입하지 않는 궁주님께서 직접 중재를 하셨을 정도로 큰 충돌이 있은 후에는 더욱 심해졌습니다."

풍월이 크게 고개를 끄덕였다.

"아, 은 형께 일전에 들은 기억이 나네요. 전대 문주께서 목숨을 잃으셨다고."

"예, 사실 패천마궁이라는 그늘에 있으니 이 정도였지 만약 다른 곳이었다면 정말 한쪽이 멸문지화를 당하지 않는 한 끝나지 않을 싸움입니다. 문주가 목숨을 잃었으니까요."

"그렇긴 하네요."

풍월은 딱히 감흥이 없는 자신과는 달리 조심스레 대화를 듣고 있는 연백의 굳은 표정을 보고는 괜히 미안한 마음이 들었다.

"적룡무가의 행태를 보니 조만간 다시 올 것 같은데 어쩌시렵니까?"

은혼이 연백을 의식하며 목소리를 낮췄다.

"원하면 줘버리면……."

대충 얘기를 하려던 풍월은 은혼의 눈짓을 보곤 아차 싶었다.

"글쎄요. 잘 모르겠네요. 다시 올 것 같지도 않은데… 오면 그때 가서 생각을 해보죠."

풍월은 예비 후보로 지목한 것을 철회하겠다는 독고유의 약속을 떠올리며 말을 돌렸다.

귀를 쫑긋 세우고 있던 연백이 자신의 대답에 조금 실망하는 것 같았지만 굳이 신경 쓸 필요는 없을 것 같았다.

잠깐의 어색한 침묵 끝에 일행은 그나마 양호해 보이는 전각 앞에 도착했다.

"이곳입니다."

한 사내가 전각 앞에서 서성거리다 일행을 발견하곤 반색하며 달려왔다. 조금 전, 정문에서 뛰어들어 갔던 마품이었다.

"어서 들어가시지요. 다들 기다리고 계십니다."

마품의 말에 연백의 표정이 살짝 변했다.

"사부, 아니, 문주님 말고도 다른 분도 계신 거야?"

"예, 태상장로님을 비롯해서 장로님 몇 분이 자리하고 계십니다."

태상장로라는 말에 연백의 표정이 눈에 띄게 굳었다.

연백의 반응을 보며 뭔가 사연이 있을 것이라 짐작하면서도 풍월은 묻지 않았다. 어차피 곧 만나면 굳이 알고 싶지 않아도 자연스레 그 이유를 알게 될 터였다.

마품의 안내로 전각 안으로 들어서자 웅성거리던 말 소리가 일거에 사라졌다. 그리고 십여 쌍의 눈동자가 풍월에게 쏠렸다.

많은 이들의 주목을 받는 것이 부담스러울 만도 했지만 화산에서도 비슷한 경험을 했던 풍월은 별다른 당황 없이 공손히 허리를 숙였다.

"풍월이라고 합니다. 철산도문의 여러 어르신들을 뵙게 되어 영광입니다."

"어서 오너라."

풍월의 인사에 가장 먼저 입을 뗀 사람은 중앙에 자리하고 있는 문주 관양검이 아니라 그의 왼편에 앉아 있는 노인이었다.

풍월의 눈빛에 기광이 스쳐 지나갔다.

아무리 문주의 나이나 배분이 어리다고 해도 이런 공식적인 자리에서 문주보다 먼저 입을 여는 것은 분명 예의에 어긋나는 일이다.

한데 놀랍게도 두세 명을 제외하곤 노인의 발언에 불쾌한 표정을 짓고 있는 사람이 아무도 없었다. 심지어 문주로 보이는 중년인 또한 당연하다는 듯 태연한 얼굴이었다.

'개판이네.'

문주의 권위가 제대로 무너진 상황에서 철산도문의 몰락의 한 단면을 보는 것 같았다.

그사이에도 무례는 계속됐다.

"노부는 철산도문의 태상장로 한오다. 네가 마도 사형의 전인이라고?"

"전인이라기보다는 할아버지와 조손 관계를 맺었습니다."

"조손이라. 전인이나 뭐, 그게 그거겠지. 허! 사형께서 늘그막에 재밌는 일을 하셨군."

풍월은 한오의 눈가에 스치는 조소를 놓치지 않았다. 그것만으로도 그와 할아버지의 관계가 어떠했는지 짐작할 수 있었다.

한오가 입을 다문 후에야 비로소 중앙에 앉아 있는 중년인이 입을 열 수가 있었다.

"반갑네. 철산도문의 문주 관양검이라 하네. 그리고 이분은……."

관양검은 자리에 앉아 있는 이들을 일일이 소개했다. 그들은 풍월의 인사에 그저 가볍게 반응을 했을 뿐 별다른 얘기를 하지 않았다.

"…감은 사숙, 아니, 장로님이시네."

마지막 노인이 소개됐다. 입구와 가장 가까운 곳에 앉아 있었기에 누구보다 풍월을 근접거리에서 살피고 있던 감은이 벌떡 일어나 풍월의 손을 잡았다.

"어서 오시게. 내 마도 사백님을 어릴 적에 뵙고 못 뵈었음을 늘 안타깝게 생각하고 있었다네. 그분의 손자라도 이리 만나게 되니 너무도 반갑고만."

감은은 성성히 빠진 이를 훤히 드러내며 웃었다. 그 웃음에 담긴 진심을 느낀 풍월도 환한 웃음으로 답례를 했다.

감은은 풍월에게 많은 질문을 했고 풍월은 성심성의껏 대답을 해주었다.

두 사람의 대화가 길어지면서 다들 못마땅한 표정을 지었지만 딱히 불만을 드러내거나 이야기를 끊지는 않았다.

"하! 그렇… 게 가시었군."

풍월을 통해 철산마도의 마지막 순간을 접한 감은이 크게 탄식했다. 지그시 눈을 감는 그의 눈밑으로 한줄기 눈물이 흘러내렸다.

감은의 분위기에 취한 풍월도 할아버지와의 지난 추억을 떠올리며 깊은 생각에 잠겼다.

그때, 두 사람의 기분 따위는 전혀 고려할 이유가 없다는 듯 걸걸한 음성이 들려왔다.

"해서, 사형께선 그렇게 가셨다는 건 알겠다. 한데 방금 네 이야기를 듣다 보니 사형이 우리에게 남긴 것이 있다고 한 것 같은데 맞느냐?"

감은과 풍월의 대화가 이어지는 내내 팔짱을 끼고 거만한 자세로 앉아 있던 한오가 물었다.

"있습니다. 제가 이곳까지 온 이유지요."

"사형이 남겼다는 것이 무엇이냐?"

한오가 상체를 앞으로 내밀며 침을 꿀꺽 삼켰다.

풍월은 그의 눈에 비친 탐욕을 놓치지 않았다.

'저 영감이 원흉이군. 철산도문이 이 지경이 된 게.'

풍월이 가만히 손을 들어 가슴에 댔다. 할아버지가 목숨이 다하는 순간까지 고심하여 만든 무공 비급을 어찌해야 할지 고민이 됐다.

생각은 길지 않았다. 어쨌거나 철산도문에 전해달라는 부탁을 받았으니까.

풍월이 가슴에 품고 있던 비단 보자기를 꺼냈다.

한오를 비롯한 좌중의 모든 시선이 보자기로 향했다.

한 시대를 풍미했던 철산마도가 남긴 마지막 무공이다. 그 가치를 모르는 사람은 아무도 없었다.

풍월이 보자기를 풀자 철산마도의 피와 땀이 담긴 책자가 드러났다.

풍뢰도법(風雷刀法)

책자에 적힌 제목을 본 자들의 반응이 곧바로 터져 나왔다.

"풍뢰도법? 지금 풍뢰도법이라 적힌 것이냐?"

한오가 실망스러운 얼굴로 물었다.

"그렇습니다."

"마지막에 남긴 것이 고작 풍뢰도법이라고? 풍뢰도법은 본문이 이미 지니고 있다."

"허! 오랫동안 연락이 없으시더니 사백께선 본문이 풍뢰도법을 잃은 줄 아시는 모양입니다."

장로 부직이 어이가 없다는 얼굴로 고개를 흔들었다.

"그게 아니면 사백께서 익히신 도법만이 진짜 풍뢰도법이라 착각을 하신 게지."

장로 오용이 맞장구를 쳤다.

"두 분 사형은 함부로 말씀하지 마십시오. 그 무슨 망발이란 말입니까?"

감은이 노한 얼굴로 소리쳤다.

"망발? 자넨 이걸 보고도 그런 말이 나오나? 풍뢰도법이라지 않나, 풍뢰도법. 그럼 우리가 익힌 무공은 풍뢰도법이 아니란 말인가?"

"그, 그건……."

감은이 멈칫거리며 말을 잇지 못하자 안타깝게 지켜보던 관양검이 두둔하고 나섰다.

"그만하시지요. 본문에 풍뢰도법이 있음을 모르지 않으실 사백조께서 따로 우리에게 보내셨다면 그만한 이유가 있을 것이라 봅니다."

"이유는 무슨. 문주가 그렇게 태평한 소리를 하고 있으니 적룡무가 놈들이 우리를 우습게 보는 것이네."

오용은 옆에서 듣는 것만으로도 민망할 정도의 독설을 아무렇지도 않게 퍼부었다.

풍월은 이번에야말로 관양검이 화를 낼 것이라 생각했지만 아니었다.

"죄송합니다. 제가 못나서……."

관양검이 오용과 다른 장로들을 향해 고개를 숙였다.

한 문파의 문주로서의 자존감이란 눈 씻고 찾아볼 수 없는 모습이었다.

낮은 탄식과 함께 감은이 눈을 감고 말았다.

몇몇 장로들 또한 민망한 표정을 지으며 고개를 돌렸지만 대부분의 장로들은 조소 어린 눈길로 고개를 숙이는 관양검을 바라보고 있었다.

"너무하시지 않습니까, 사숙조님!"

쩌렁쩌렁한 목소리가 회의실을 뒤흔들었다.

배분이 되지 않는 것인지 감히 자리에 앉지 못하고 감은의 뒤편에 서 있던 청년이었다.

관양검의 제자로 장차 철산도문을 이끌어갈 장문 제자, 조무룡이었다.

"네 이놈! 지금 노부에게 한 말이냐?"

"그렇습니다."

"그렇습니다? 네가 미친 게냐? 감히 이곳이 어디라고 언성을 높인단 말이냐!"

오용이 노한 음성으로 호통을 쳤지만 조무룡은 물러서지 않았다.

"너무하시지 않습니까. 사부께선 철산도문의 문주십니다.

아무리 형편없는 문파라도 손님 앞에서 이렇듯 문주의 권위를 무시하는 법은 없습니다."

"뭣이라? 네놈이 정녕!"

화를 참지 못한 오용이 탁자를 후려치며 벌떡 일어났다.

"쯧쯧, 그래도 장문 제자라고 대접을 해줬건만."

"건방진 놈. 뚫린 입이라고 너무 함부로 내뱉는구나."

곳곳에서 조무룡을 질책하는 목소리가 흘러나왔다.

"네 이놈! 이게 무슨 무례한 짓이더냐?"

자리를 박차고 달려온 관양검이 조무령에게 불같이 화를 냈다.

"사부님. 하지만……."

"시끄럽다. 당장 사죄를 드리지 못할까."

"사부… 님."

"어서!"

관양검의 호된 질책에도 조무룡은 입술을 꾸욱 다물고 침묵을 지켰다.

"내 너를 잘못 키웠구나."

탄식한 관양검이 조무룡의 정강이를 걷어차며 어깨를 찍어 눌렀다.

털썩 무릎을 꿇은 조무룡 옆에 관양검도 무릎을 꿇었다.

"사, 사부님!"

"닥쳐랏!"

조무룡의 뺨을 후려쳐 입을 틀어막은 관양검이 용오가 아닌 아무런 말도 없이 웃고 있는 한오를 향해 머리를 조아렸다.

"제가 제자를 잘못 키웠습니다. 부디 용서를……."

한오의 입에서 아무런 대답도 흘러나오지 않자 관양검이 갑자기 바닥에 머리를 찧었다.

쾅! 쾅!

둔탁한 충돌음과 함께 관양검의 이마가 벌겋게 달아올랐다.

"어허! 어린 녀석이 혈기 넘치는 소리를 했다고 이 무슨 난리란 말인가. 문주도 그만두시게. 쯧쯧, 손님을 앞에 두고 이 무슨 험한 꼴인지."

한오가 손짓을 하자 부드러운 기류가 흘러나와 그때까지 엎드려 있던 관양검과 조무룡의 몸을 들어올렸다.

"감사합니다, 사숙조님."

관양검의 인사를 받으며 비릿한 미소를 지은 한오가 장로들에게 시선을 돌렸다.

"너희들도 잘한 것 없다. 저 아이 말대로 아무리 불민하여도 너희들의 사질이고 철산도문의 문주다. 함부로 말을 해서야 되겠느냐?"

한오의 말에 관양검을 향해 온갖 조소를 보내던 장로들이 납작 엎드렸다.

"죄송합니다, 사부님."

"조심하도록 하겠습니다, 태상장로님."

몇 마디 말로 힘없는 문주를 농락하고 장로들까지 찍어 누른 한오가 이 모든 광경을 지켜보면서도 그저 담담한 표정을 짓고 있는 풍월을 향해 말했다.

"네가 이해를 하여라. 그래도 마도 사형이 남긴 무공이라 기대를 했던 탓에 벌어진 일이니. 기대를 한 만큼 실망도 큰 법이니 말이다."

"상관없습니다. 아, 그런데 할아버지께서 제게 부탁하신 일을 행해도 될까요?"

"부탁? 어떤 부탁을 말이냐?"

"할아버지께서 제게 이 책자를 주시면서 말씀하시길, '장차 철산도문을 이끌어갈 아이에게 주도록 하여라' 라고 하셨거든요. 아까 저 친구를 보고 장문 제자 운운하시던 것 같아서요."

한오는 풍월이 들어올린 책자와 고개를 떨구고 있는 조무령을 번갈아 바라보다 피식 웃었다.

"마음대로 하여라. 장문 제자라니. 쯧, 사형도 노욕이 심하군. 죽는 마당에까지 본문에 이름을 남기고 싶었단 말인가."

한오의 비아냥에 문 옆에서 조용히 서 있던 은혼은 깜짝 놀란 표정으로 풍월을 살폈다.

철산마도가 모욕을 당했다.

다른 곳도 아닌 철산도문에서.

풍월이 화산검선과 철산마도를 어찌 생각하고 있는지 잘 알고 있던 은혼은 풍월이 절대 참지 않을 것이라 생각했다. 해서 조마조마한 심정으로 풍월을 살폈건만 아무런 일도 벌어지지 않았다. 오히려 한오의 말을 수긍이라도 하듯 고개를 끄덕이는 것이 아닌가.

가슴이 뛰기 시작했다.

이건 아니었다. 풍월의 평소 성격을 아는 바, 이런 식의 전개는 절대로 있을 수 없는 일이었다.

"그럼 허락하신 것으로 알겠습니다."

"마음대로 하여라."

"문주님은 어찌 생각하십니까?"

"사숙조께서 허락하신 일에 내가 무슨 말을 하겠는가. 당연히 허락하네."

관양검의 허락까지 떨어지자 풍월은 그때까지 고개를 들지 못하고 있는 조무룡에게 다가갔다.

"그대가 철산도문의 장문 제자?"

풍월의 부름에도 조무룡은 아무런 대꾸도 하지 못했다.

잠깐의 분기를 참지 못해 사부에게 씻을 수 없는 모욕을 안긴 죄인이 무슨 낯으로 고개를 들겠는가.

"뭣 하느냐? 어서 고개를 들어라. 마도 태사백조님의 유지가 네게 전해지는 순간이다."

관양검의 묵직한 말투에 조무룡이 힘없이 고개를 들었다.

조무룡과 풍월의 시선이 허공에서 만났다.

웃고 있는 풍월을 보자 조무룡은 가슴 깊은 곳에서 뭔가가 확 치밀어 올랐다. 자신은 물론이고 사부마저 비웃고 있는 듯한 느낌을 받았기 때문이다.

"그럼 할아버지의 마지막 유지를 당신께서 유언하신 대로 철산도문의 장문 제자에게 전하겠습니다."

선언하듯 외친 풍월이 느닷없이 책장을 펼쳤다. 모두의 시선이 자연스레 풍월이 펼친 책장으로 향했다.

첫 머리에 다음과 같은 글귀가 적혀 있었다.

말년에 깨달은 바가 있어 풍뢰도법에 그 오의(奧義)를 더한다.

글귀의 의미를 깨닫는 데는 오랜 시간이 걸리지 않았다.

"지, 지금 이게 무슨 소리냐? 하면 사형이 풍뢰도법 말고 다른 무공을 만들었단 말이냐?"

한오가 떨리는 음성으로 묻자 풍월이 웃으며 답했다.

"다른 무공은 아닙니다. 단지 전 육초, 후 삼초로 이뤄진 풍뢰도법이 전 육초, 후 오초로 새롭게 탄생했다고 말씀드릴 수 있겠네요."

"후, 후 오초란 말이냐? 하면 새롭게 두 개의 초식이 늘어났다는 말……."

한오는 말을 잇지 못했다. 다른 장로들 역시 멍한 얼굴들이었다.

"자, 받아. 할아버지께서 철산도문의 후계자에게 남기신 것이니."

풍월이 책자를 조무룡에게 건넸다.

'원래는 문주에게 주라고 하셨으나 궁주님 말씀대로 문주님은 아니다. 영감들에게 저리 휘둘려서야 답이 없지. 확실히 그대가 받는 것이 낫겠다.'

풍월의 뇌리에 이틀간의 술자리에서 독고유가 떠들어대던 말들이 떠올랐다.

'현재 문주인 관양검은 사람은 좋을지 모르나 한 문파를 이끌 위인은 되지 못한다. 안타깝지만 사부가 죽고 너무 일찍 철산도문을 떠안는 바람에 그 무게에 짓눌렸다고 해야 하나. 대신 제자 복은 있어. 오히려 그의 제자 놈이 인물이다. 무재도 뛰어나고. 철산도문의 미래는 바로 그놈에게 달려 있다고 해도 과언은 아닐 게다.'

독고유의 말은 정확했다.

자신이 보기에도 철산도문의 미래는 당대 문주 관양검이 아니라 그의 장문 제자 조무룡에게 달려 있었다.

"제, 제가 감히 이것을 받아도 될는지……."

조루룡은 덜덜 떨리는 손을 차마 내밀지 못했다.

"받아. 장문 제자라며."

풍월이 떠넘기듯 책자를 넘겼다. 그러고는 지금껏 보이지 않았던 진중한 모습으로 말했다.

"더불어 남기신 마지막 말씀도 전하지."

풍월의 기세가 회의실을 휘감기 시작했다.

그야말로 폭풍과도 같은 기세에 다들 입을 쩍 벌린 채 풍월을 바라보았다.

"네 것이다. 목숨으로 지켜라."

순간, 풍월의 기가 폭발을 했고 회의실의 창문이 모조리 부수어졌다.

"절대 잊지 말길."

마지막 말을 남긴 풍월이 그대로 몸을 돌려 회의실을 빠져나왔다. 그를 뒤따르던 은혼이 잠시 걸음을 멈추더니 풍월에게 받은 책자를 품에 안고 무릎을 꿇고 있는 조무룡을 바라보았다.

'목숨을 걸고 지키라는 말, 절대 잊지 말라고.'

은혼은 조무룡에게 마지막으로 전한 말이 철산마도가 아

닌 풍월이 남긴 것이라 짐작하곤 조용히 웃었다.

*　　　*　　　*

"감사합니다, 소사숙."

땀으로 범벅이 된 조무룡이 풍월을 향해 정중히 허리를 굽히자 그와 함께 수련을 한 이들 또한 일제히 예를 차렸다.

"감사합니다, 소사숙."

"고생했다."

간단히 대꾸한 풍월이 몸을 돌렸다.

풍월의 눈에 그늘에 앉아 느긋하게 휴식을 취하고 있는 은혼이 들어왔다.

"누군 뙤약볕에 고생을 하는데 누군 완전히 신선놀음입니다."

풍월이 투덜거리며 앉자 은혼이 찬물에 적신 수건을 얼른 건넸다.

"고생하셨습니다. 오늘 오전 수련은 평소보다 일찍 끝난 것 같네요."

"일이 있다고 하네요. 오후 수련은 정상적으로 시작할 겁니다. 근데 은 형은 안 돌아갑니까?"

약간은 짜증, 혹은 부러움이 섞인 풍월의 물음에 은혼이 활짝 웃었다.

"하하하! 풍 공자가 패천마궁을 떠나는 날까지 모시라는 명이 떨어졌다고 하지 않습니까?"

"모신다는 말이 영 걸립니다만."

"봐주십시오. 제가 그동안 풍 공자 따라다닌다고 꽤나 고생하지 않았습니까? 이렇게 쉴 때도 있어야지요."

은혼의 넉살에 풍월도 더 이상 툴툴거릴 수가 없었다. 화산에서 처음 만나 지금까지 그가 자신으로 인해 얼마나 고생을 했는지 누구보다 잘 알고 있기 때문이었다.

"그나저나 제대로 발목이 잡혔네요. 원래 계획은 이게 아니지 않았습니까?"

은혼이 찻잔 대신 술병을 들고 벌컥벌컥 마시는 풍월을 보며 웃었다.

"그러게요. 할아버지가 남긴 책자도 전해주었으니 바로 떠나려고 했는데."

풍월이 땅이 꺼져라 한숨을 내쉬었다.

그랬다. 독고유가 당분간이라도 철산도문에 머물며 도움을 주라고 당부 아닌 당부를 했지만 풍월은 그럴 생각이 별로 없었다.

그렇다고 바로 떠나는 것도 예의는 아니라 적당히 며칠 머물다가 슬그머니 철산도문을, 패천마궁을 떠나려 했다.

태상장로를 비롯한 여러 장로들이 유약한 문주를 휘두르며 철산도문을 망가뜨리는 것을 보고도 그다지 생각은 바뀌지 않았다.

철산도문의 일은 철산도문의 제자들이 해결해야 한다는 확고한 생각 때문이었다. 게다가 풍월은 비록 자신이 할아버지의 무공을 이어받았지만 철산도문의 제자라는 생각을 한 적은 없었다.

그런데 다음 날, 사제 몇을 데리고 풍월을 찾아온 조무룡이 사부의 허락을 받았다며 수련을 도와달라 청했다. 이미 철산도문을 떠날 결심을 하고 있던 풍월은 단호히 거절했다.

조무룡은 쉽게 포기하지 않았다.

풍월이 몇 번이고 거절을 했지만 매달리고 또 매달렸다.

풍월의 고집 또한 만만치 않았다. 조무룡과 그의 사제들이 아무리 눈물로 호소를 해도 거들떠 보지도 않았다.

한데 그런 풍월이 어쩔 수 없이 마음을 돌려야 하는 일이 벌어졌다.

철산도문의 문주가 조무룡과 더불어 나란히 무릎을 꿇고 제자들을 위해 눈물로 호소를 한 것이다.

풍월은 한 문파의 문주의 무릎이 그렇게 가벼울 수도 있다는 것에 이를 갈며 어쩔 수 없이 허락을 하고 말았다.

하지만 풍월은 몰랐다.

조무룡과 그의 사제들이 그토록 매달린 것이 풍월이 철산도문에서 바로 떠날 것이란 것을 파악한 은혼의 부추김 때문이라는 것을. 더불어 풍월이 패천마궁의 궁주마저 인정할 정도로 뛰어난 고수이며 철산마도의 모든 것을 이어받았다는 것을 강조 또 강조하며 관양검까지 나서게 만들었다는 것을 말이다.

그리고 이 모든 것이 풍월을 패천마궁에 주저앉히려는 순후의 큰 그림이라는 것 역시 전혀 눈치채지 못하고 있었다.

은혼은 풍월의 한탄에 내심 웃음을 지었다.

"그런데 조무룡이라는 친구는 쓸 만합니까?"

"예, 궁주께서 언급하실 정도로 확실히 뛰어나네요. 특히 기본기가 잘 잡혀 있어요. 풍뢰도법의 수준도 육성을 넘었고."

"벌써요? 장로들 수준이 팔성 정도 된다고 하던데. 나이를 감안하면 대단한데요."

은혼이 놀란 표정을 짓자 풍월이 정색을 하며 고개를 저었다.

"그건 장로들이 한심한 거고요. 할아버지께선 열아홉의 나이에 십성을 넘었다고 하셨습니다."

"에이, 철산마도님과 비교는 좀 그렇네요."

은혼의 야유에 풍월이 손가락으로 자신을 가리켰다.

"난 열여덟에 십성을 넘었고."

"……."

은혼은 아무런 대꾸를 하지 않았다. 그저 재수 없다는 표정을 노골적으로 드러내며 술잔을 들었을 뿐이다.

그런 은혼의 반응에 괜스레 기분이 좋았던 풍월이 그대로 몸을 뉘였다.

입가에 미소를 머금은 채 얼마를 그렇게 누워 있었을까.

풍월의 눈이 가만히 떠졌다.

깜빡 잠이 들었다.

어렴풋이 화도의 꿈을 꾼 것 같기도 했다. 그래서 더 아쉬웠다. 어쩌면 그리운 얼굴을 볼 수도 있었으니까.

풍월의 인상이 살짝 구겨졌다. 그러고는 자신의 휴식을 방해한 사람에게 시선을 돌렸다.

"무슨 일인가?"

은혼이 먼저 물었다.

헐레벌떡 달려온 사내, 정문에서 처음 만난 뒤 지금은 매일같이 얼굴을 보게 된 연백이 거친 호흡 그대로 내뱉었다.

"저, 적룡무가 놈들이 찾아왔습니다."

풍월과 은혼이 연무장에 도착했을 때 양측의 분위기는 이미 화끈하게 달아올라 일촉즉발의 상황이었다.

상대적으로 여유가 있어 보이는 적룡무가의 무인들에 비해 철산도문의 무인들은 어딘지 모르게 위축되고 불안해하는 모습이 역력했다.

한오가 연무장을 향해 걸어오는 풍월을 확인하곤 차가운

웃음을 흘렸다.

"흥! 저기 예비 후보께서 오셨군. 그대들이 원하는 자다. 하니 더 이상 본문을 귀찮게 하지 말고 당사자와 얘기를 해라."

적룡무가 무인들의 시선이 한오를 따라 움직였다.

풍월은 다른 이들의 마음을 아는지 모르는지 급할 것 없다는 듯 느긋하게 움직여 그들 앞에 섰다.

"그대가 풍월인가, 철산마도 선배의 후예라는?"

적룡무가의 장로 황풍이 나름 정중히 물었다.

"그렇습니다."

풍월이 살짝 허리를 굽히며 답했다.

"긴말하지 않겠네. 우리가 무슨 이유로 이곳에 온 것인지 짐작은 하고 있겠지?"

"예, 이미 몇 번 다녀가셨다고 들었습니다."

"그때는 정확하게 파악을 하지 못해서 그랬던 것이네. 우린 자네가 아니라 철산도문에 비무첩이 배정된 것으로 알고 양보를 받으려 한 것이네. 역량도 되지 않는 곳이 비무첩을 받는 것을 두고 볼 수는 없었지. 한데 이번에 확실히 알게 되었네."

황풍이 모욕감에 부들부들 떠는 한오 등을 돌아보며 말했다.

"철산도문이 아니라 철산마도 선배의 후예에게 비무첩을 준 것이라고 말이지."

"흠, 소식이 늦군요. 다른 자들은 잘만 알고 있던데. 게다가 그 비무첩이란 게 애당초 문파나 세가가 아닌 개인에게 부여하는 것 아닙니까? 비무첩을 두 개나 확보한 적룡무가에서 그걸 몰랐다는 것이 참 이상하네요."

풍월의 힐난에도 황풍은 조금도 개의치 않았다.

"그러니 말하지 않나. 우리의 착각이었다고. 자네가 이해해주게. 궁주께서 유례가 없을 정도로 파격적인 특혜를 베푸신지라 혼선이 많아."

"그런가요? 왠지 믿기지 않네요. 제겐 그냥 있지도 않은 비무첩을 핑계 삼아 철산도문을 괴롭히려고 했다는 것으로 들립니다만."

"믿고 안 믿고는 자네의 마음이겠지만 정말 다른 의도는 없었네."

황풍의 뻔뻔한 태도에 철산도문 곳곳에서 야유와 분노의 음성이 터져 나왔지만 황풍은 물론이고 그를 따라온 다른 자들 역시 안색 하나 변하지 않았다. 그건 자신감이었다. 철산도문 따위는 안중에도 두지 않는다는.

"뭐, 그렇다고 치지요. 한데 어쩝니까? 제게는 비무첩이 없는데. 헛걸음하셨습니다."

"농이 지나치군."

"농이 아닙니다. 솔직히 전 비무첩을 만져본 적도 없습니다.

슬쩍 보기는 했지만."

거듭되는 부인에 여유로웠던 황풍의 표정이 싸늘해졌다.

"난 그래도 철산마도 선배님을 생각해 자네에게 최대한 예우를 해줬다고 생각하네만. 자넨 우릴 너무 무시하는군."

"무시가 아니라 사실을 말했을 뿐입니다. 제겐 비무첩이 없습니다. 참고로 말씀드리자면 궁주께서 비무첩을 제게 주신다는 명을 철회하셨습니다. 제 말을 믿지 못하시겠다면 증인을 대령하지요."

풍월이 한 걸음 옆으로 빠져 있던 은혼을 전면으로 내세웠다.

"제게 비무첩이 없다는 걸 증명해 줄 증인입니다."

"그댄 누군가?"

황풍이 불신 가득한 얼굴로 물었다.

"묵영단 소속의 은혼이라고 합니다."

은혼이 조금은 떨떠름한 음성으로 대답했다.

묵영단이란 말에 황풍의 눈빛이 살짝 흔들렸다.

"저 친구의 말이 틀림없는가? 정말 궁주께서 비무첩을 내리신다는 명을 거두신 겐가?"

"맞습니다."

"설마 거짓말을 하는 건 아니겠지?"

황풍의 반문에 은혼의 표정이 굳었다.

"방금 말씀, 묵영단에 대한 모욕으로 받아들여도 되겠습니까?"

"노부의 말이 지나쳤군. 사과하지."

황풍의 빠른 사과에 은혼도 표정을 풀었다.

"아닙니다. 제가 너무 예민하게 받아들였군요. 다시 말씀드리지만 풍 공자에겐 비무첩이 없습니다. 궁주님께서 명을 철회하신 것도 맞습니다만 며칠 되지 않은 일이라 아직 전달이 제대로 되지 않은 것 같……."

은혼의 말은 급격히 가까워 오는 말발굽 소리에 묻히고 말았다.

한 필의 백마가 눈 깜짝할 사이에 정문을 통과해 연무장에 도착했다.

눈처럼 하얀 백마가 거친 숨을 내뱉으며 투레질을 할 때 한 사내가 말 위에서 뛰어내렸다.

제35장

비무첩(比武疊)

"어, 너는 정노가 아니냐?"

사내가 묵영단에 속한 후배임을 알아본 은혼이 깜짝 놀라 소리쳤다.

"오랜만입니다, 선배."

은혼을 향해 가볍게 고개를 숙인 정노가 이내 표정을 바꾸며 말했다.

"적룡무가가 풍 공자에게 내려진 비무첩을 얻기 위해 철산도문으로 향했다는 보고를 접하신 군사께서 저를 급히 보내셨습니다. 궁주께서 풍 공자에게 비무첩을 내리신다는 명은 철회되었습니다."

정노의 말에 풍월이 황풍에게 어깨를 으쓱거렸다. 하지만 정노의 말은 아직 끝난 것이 아니었다.

"궁주께선 풍 공자에게 내리셨던 비무첩을 철산도문의 장문 제자에게 내리셨습니다."

갑작스러운 상황의 반전에 연무장이 크게 술렁거렸다.

"철산도문의 장문 제자는 앞으로 나오십시오."

정노의 외침에 모두의 시선이 조무룡에게 향했다.

"아, 아니, 난……."

조무룡은 어찌할 바를 몰라 했다.

"그대가 철산도문의 장문 제자입니까?"

"예? 예. 그, 그렇긴 합니다만……."

조무룡이 말을 끝내기도 전, 정노는 그의 손에 황금빛 비무첩을 건넸다.

"궁주님께서 철산도문의 장문 제자에게 내리시라는 비무첩입니다."

얼떨결에 비무첩을 받아 든 조무룡은 아무런 말도 하지 못하고 그저 멍하니 풍월을 바라보았다.

비무첩을 내린다는 명령이 확실히 철회되었음에 기꺼워 하던 풍월의 표정은 이미 잔뜩 일그러진 상태였다.

풍월이 매서운 눈초리로 은혼을 노려보았다.

은혼은 그가 지을 수 있는 최대한 억울한 표정과 함께 필사적으로 고개를 흔들었다.

"마지막으로 궁주께선 풍 공자 본인이 원하는 한에서 비무첩을 다시 얻을 수 있는 자격을 주신다는 말씀도 하셨습니다."

"이게 무슨 개수작이야!"

풍월의 노기에 찬 외침이 연무장을 흔들었다.

설마하니 패천마궁 궁주의 말을 전하는 자리에서 그런 욕설을 들을 줄은 상상도 하지 못한 이들이 경악으로 가득한 얼굴로 풍월을 바라보았다.

"은 형, 이거 그 영감들 수작이죠, 아닙니까?"

풍월의 눈에서 그가 폭발하기 일보 직전의 상황임을 직감한 은혼은 필사적으로 고개를 흔들었다.

"저, 저는 모르는 일입니다."

"모르긴 뭘 모릅니까? 시간 딱 맞춰서 전령을 보낸 것도 그렇고. 아니지. 전령만 그런 게 아니지."

풍월이 황풍을 향해 고개를 홱 돌렸다.

"적룡무가에서도 언질을 받고 이곳에 온 거요?"

"무슨 소린가?"

"그 영감들의 사주를 받고 날 엮으려고 그러는 거 아니냔 말입니다."

"사주를 받은 적은 없네. 그리고 궁주님께 영감이라니 너무 무례하지 않은가?"

지금 상황에서 황풍의 불편한 지적은 귀에 들어오지도 않았다.

"시끄럽고요. 다들 마음대로 해보라고요. 영감의 수작질에 더 이상 놀아나고 싶은 생각은 없으니까."

풍월은 짜증이 극에 이른 표정으로 대충 손을 휘젓고는 몸을 돌려 버렸다.

은혼이 한숨을 내쉬며 그의 뒤를 따랐다.

씩씩거리며 연무장 바로 옆 건물로 들어간 풍월은 바가지 가득 물을 퍼 담고는 목구멍에 들이부었다. 옆으로 튄 물이 상의를 적셨지만 전혀 개의치 않았다.

"은 형, 솔직히 대답해 줘요. 정말 몰랐습니까?"

풍월이 문 밖에 서 있는 은혼에게 물었다.

"솔직히 말해도 됩니까?"

"말해요."

"화를……."

"이 상황에서… 알았습니다. 화 안 낼 테니까 말해봐요. 어디까지 알고 있는 겁니까?"

풍월이 화를 꽉꽉 누르며 물었다.

"제가 단주님께 받은 명령, 아니, 당부는 딱 하나뿐이었습니다. 풍 공자가 가급적 철산도문에 남아서 그들에게 도움을 줄 수 있도록 최대한 노력해 보라는 것이었습니다. 비무첩에 대해선 전혀 알지 못합니다. 물론 의심은 했습니다. 정말 철회를 하실까 하고요."

"정말입니까?"

풍월이 여전히 의심을 풀지 못하고 물었다.

"정말입니다."

은혼의 단호한 대답에 풍월은 다른 말을 할 수가 없었다. 솔직히 완전하게 의심을 지울 수는 없지만 끝까지 의심을 하자니 그동안 쌓아온 의리가 너무도 아까웠다.

"알겠습니다, 믿지요. 한데 노력은 어떻게 한 겁니까? 저한테 별다른 얘기는 안 했잖아요."

"흐흐흐! 풍 공자가 아니라 다른 사람한테 했지요."

은혼이 장난스러운 웃음을 보였다.

"예? 다른 사람이라면……."

"있잖아요, 재들."

은혼이 턱짓으로 연무장을 가리켰다.

"설마, 조무룡과 그 일당들? 저것들이 제게 매달린 게 은 형의 부추김 때문이었습니까?"

풍월이 어처구니없다는 표정으로 물었다.

"부추김이라기보다는 몇 마디 충고를 했지요. 뭐라 말을 해야 할지 몰라서 많이 망설이기에."

"와! 진짜 대단들 하네요. 패천마궁."

풍월이 고개를 절레절레 흔들었다. 이제는 화도 나지 않았다.

"그런데 그냥 지켜만 볼 겁니까?"

풍월의 화가 조금은 누그러졌다는 생각에 슬며시 다가온 은혼이 걱정스러운 얼굴로 물었다.

"뭐를요?"

화는 누그러졌는지 몰라도 풍월의 음성은 여전히 까칠했다.

"적룡무가는 이대로 돌아가지 않을 겁니다. 그리고 비무첩을 얻기 위해 조무룡에게 도전을 하겠지요. 도전을 받은 사람이 취할 수 있는 행동은 딱 두 가지입니다. 도전을 받아들이거나 비무첩을 내주거나."

"그냥 내주면 되겠네."

풍월이 심드렁히 대꾸했다.

"그러면 다행이겠지만 며칠 지켜본 바에 의하면 조무룡 저 친구는 비무첩을 절대로 그냥 내줄 친구가 아닙니다. 되든 안 되는 끝까지 싸워보려 할 겁니다. 문제는 상대가 너무 좋지 않다는 거지요."

은혼이 연무장 한편에서 가볍게 몸을 풀고 있는 사내를 가리켰다.

풍월이 자기도 모르게 은혼이 가리키는 쪽으로 고개를 돌렸다.

"황은뢰, 적룡무가 가주의 막내아들입니다. 다른 자들은 몰라도 저 친구는 알고 있습니다. 워낙 사고를 많이 쳐서 묵영단에서도 요주의 인물이었으니까요."

"제법 실력이 있어 보이긴 하네요."

"아니요. 실력이 뛰어난 것이 문제가 아니라 성격이 잔인하다는 것이 문제입니다. 적룡무가의 무공 자체가 거칠고 험한데 저놈은 성격까지 지랄맞으니 다들 알아서 피합니다. 저놈과 부딪쳐서 최소한 병신이 되지 않은 자들이 없기 때문입니다."

은혼의 진지한 음성에서 풍월도 상황의 심각함을 인지했다.

"조무룡이 당한다는 말이죠?"

"그냥 당하는 것이 아니라 지금의 실력이라면 폐인이 될 겁니다. 틀림없이."

"하아!"

풍월의 입에서 탄식이 터져 나왔다. 이마가 지끈거렸다.

"공자가 비무첩을 받으시는 것이……."

"안 받아요."

"그렇다면 저 친구도 확실하게 포기하도록 만들어야 합니다. 따지고 보면 풍 공자로 인해 벌어진 일이니까요."

"미치겠네. 그게 또 왜 나 때문입니까? 다 그 영감… 에효, 말을 말아야지."

짜증 섞인 표정과 함께 다시금 물을 들이켠 풍월이 연무장을 향해 성큼성큼 걸어갔다.

은혼의 말대로 조무룡은 비무첩을 포기하지 않았다.

비무첩을 받거나 말거나 관심이 없던 태상장로들은 수수방관했지만 문주인 관양검은 달랐다.

황은뢰의 잔인한 성정을 익히 들어온 관양검은 조무룡이 황은뢰의 도전을 받아들이면 목숨보다 아끼는 제자가 완전히 망가질 수 있다는 것을 알고 있었다.

어떻게든지 비무첩을 포기토록 달래도 보고 화를 내기도 하고 문주의 권위를 앞세워 명을 내려보기도 했지만 요지부동이었다.

패천마궁의 무인으로서 비무첩을 포기할 수는 없으며, 사부의 명을 거역한 죄는 싸움이 끝난 후 달게 받겠다는 것이 조무룡의 대답이었다.

그런 상황에서 풍월이 다시 등장했으니 시선이 그에게 쏠리는 것은 당연했다.

"해보려고?"

"예, 소사숙."

조무룡이 씩씩하게 대답했다.

"싸워볼 것도 없어. 네가 진다. 그리고 은 형이 충고하길 그냥 지는 게 아니라 최소한 팔다리 한두 개쯤은 날아간다고 하네."

"그래도……."

"진다니까."

"소사숙께서 그렇게 보신다면 그런 것이겠지요. 하지만 최선을 다해볼 생각입니다. 패천마궁의 무인으로서 이만한 영광은 없습니다."

고지식함에 한숨이 절로 나왔다.

"그럼 풍뢰도법은 어쩔 거야?"

"예?"

"할아버지께서 네게, 철산도문의 장문 제자에게 남긴 유지는 어쩔 거냔 말이다. 설마 풍뢰도법이 병신이 된 몸으로 익힐 수 있다고 생각하는 건가. 할아버지께서 죽음을 목전에 두시고 완성한 건데 너무 만만하게 보는 거 아냐?"

"마, 만만하게 보다니요. 아닙니다, 절대 아닙니다."

조무룡이 정색을 하며 고개를 흔들었다.

"그러니까 선택해. 비무첩이야, 풍뢰도법이야?"

"……."

쉽게 선택하지 못하는 조무룡을 보며 풍월은 너무도 답답했다.

철산마도라는 기인이 남긴 무공과 비무첩 따위를 선택함에 있어 고민한다는 것 자체가 이해가 되지 않았다.

"마음대로 해라. 단, 네가 끝까지 비무첩을 지키고자 한다면 네게 준 풍뢰도법은 내가 회수하겠다."

그러자 지금껏 비웃음으로 방관하고 있던 태상장로 한오가 당치도 않다는 얼굴로 소리쳤다.

"무슨 말도 안 되는 소리를. 네 손을 떠난 순간, 이미 그것은 철산도문의 물건이다."

"말도 안 되는지는 두고 보면 알겠지요."

뭐라 호통을 치려던 한오는 풍월의 서늘한 눈빛에 눌려 입을 다물고 말았다.

"어찌할 테냐?"

풍월이 여전히 고민을 하고 있는 조무룡에게 물었다.

태상장로의 말대로 자신의 손을 떠난 풍뢰도법은 그 순간부터 이미 철산도문의 물건이다. 그럼에도 회수하겠다고 말한 건 비무첩을 포기하라고 강력히 요구하는, 말 그대로 배수의 진이다.

풍월의 마음이 전해진 것인지 고민에 고민을 거듭하며 주변 사람을 미치게 만들었던 조무룡이 힘들게 고개를 끄덕였다.

"알겠습니다. 포기하겠습니다."

"잘했다, 잘했어!"

조마조마한 심정으로 지켜보던 관양검이 제자의 결단을 칭찬하며 힘껏 안았다.

풍월도 화난 표정을 풀고 미소와 함께 고개를 끄덕여 줬다.

"그거 이리 줘."

풍월은 행여나 마음이 바뀔까 조무룡의 손에 들려 있는 비무첩을 빼앗듯 낚아챘다.

"원하는 비무첩을 드릴 테니 이만 돌아가시는 것이 좋겠습니다."

풍월이 황풍에게 비무첩을 건네며 말했다.

"허허! 이것 참."

비무첩을 받아 드는 황풍이 너털웃음을 흘렸다.

별다른 수고 없이 비무첩을 얻게 되어 기쁘기도 했지만 그래도 철산도문의 장문 제자를 확실하게 보낼 수 있었던 기회를 놓친 것 같아 약간 아쉬운 마음도 들었다.

한데 그의 마음을 읽기라도 한 듯 지금껏 후미에서 몸만 풀던 황은뢰가 건들거리며 다가왔다.

"뭐야? 포기하는 거야?"

쇠가 긁히는 음성에 모두가 눈쌀을 찌푸렸다.

"패천마궁의 무인으로서 손에 들어온 비무첩을 아무런 노력도 하지 않고 포기하는 머저리가 있을 줄은 상상도 하지 못했다. 하긴 철산도문이 그렇지 뭐."

"어허! 말이 너무 험하지 않느냐?"

황풍이 짐짓 나무라는 척을 했지만 눈은 분명 웃고 있었다.

"하지만 작은할아버지도 보셨잖아요. 비무첩이라고요. 풍뢰도법 따위가 뭐라고 비무첩을 포기합니까."

"함부로 지껄이지 마라. 철산마도 조사님께서 본문을 위해 특별히 남기신 풍뢰도법이다. 네놈이 무시할 무공이 아니다."

조무룡이 성난 얼굴로 소리쳤다. 허락만 떨어지면 당장에라도 달려들 기세였다.

"흥! 풍뢰도법이 철산도문의 것인지 모르는 사람도 있던가. 특별은 지랄! 이미 관짝에 들어간 사람이 남겨봤……."

생각나는 대로 말을 내뱉던 황은뢰는 아차 싶었다.

철산도문이 아무리 같잖아도 철산마도는 다르다.

근래 들어 이리저리 치이며 세가 완전히 쪼그라든 철산도문과는 달리 일세를 풍미한 철산마도는 철산도문뿐만 아니라 패천마궁에서도 여전히 존경을 받고 추앙받는 전대의 고수다. 아무리 도발을 하고 싶다고 해도 함부로 폄하하고 욕할 수 있는 상대가 아닌 것이다. 더구나 패천마궁의 궁주와 아주 돈독한 사이라는 소문도 굉장한 부담이었다.

은근히 자신의 도발을 지지하고 있던 작은할아버지의 표정마저 좋지 않은 것을 보면 큰 실수를 한 것은 틀림없었다. 그렇다고 바로 꼬리를 말기엔 자존심이 허락하지 않았다.

"왜 내 말이 틀려? 틀리면 비무첩을 포기하지 말고 정식으로 덤벼보든가. 그래, 그 잘난 풍뢰도법을 보여주면 되겠네. 얼마나 대단한지 말이야."

이미 실수를 한 것, 황은뢰는 아예 될 대로 되라는 식으로 더 나가 버렸다.

"그만하여라. 철산마도 선배는 네가 함부로 입에 올릴 분이 아니다."

황풍이 황은뢰를 나무라며 관양검을 향해 사과를 했다.

"미안하네. 이 아이가 호승심이 과해 큰 실수를 범했군."

"아… 닙니다. 젊은 혈기에 그럴 수도 있지요."

사과를 받아들이면서도 관양검의 표정은 과히 좋지 않았다. 혹여 조무룡이 무슨 짓이라도 할까 봐 팔을 꽉 잡고 있는데 미친 듯이 뛰는 맥이 손바닥을 통해 전해졌다.

'빌어먹을!'

철산도문이 철저하게 모욕을 당함에도 아무것도 하지 못하는 자신의 무력함에 눈물이 차올라 고개를 떨구고 말았다.

"이만 돌아가 보겠네."

황풍이 서둘러 떠나려 했다.

"에이, 그럴 수는 없지요."

황풍에게 비무첩을 건네고 돌아섰던, 황은뢰의 도발을 무표정한 얼굴로 지켜보던 풍월이 입을 열었다.

"무슨 뜻인가?"

황풍이 인상을 쓰며 물었다.

풍월은 황풍의 물음에 대답하는 대신 황은뢰를 향해 시선을 돌렸다.

"야, 궁금한 게 있는데 너 혹시 묵왕이란 놈 아냐?"

"무, 묵왕이라면 흑룡묵가의 묵왕?"

황은뢰가 얼떨결에 되물었다.

"그래, 흑룡묵가의 묵왕."

"당연히 안다."

"친하냐?"

"그럭저럭 친하… 씨발! 뭐야, 이거."

자기도 모르게 대답하던 황은뢰의 입에서 욕설이 터져 나왔다. 시답지 않은 질문 따위를 나눈 것에 대한 짜증이었다.

"그럴 줄 알았다. 끼리끼리 모인다더니만 아주 제대로야. 그것 좀 줘봐."

풍월이 조무룡에게 손을 내밀었다.

어떤 의미로 도를 달라고 한 것인지 눈치챈 조무룡이 환한 얼굴로 허리춤에 매달고 있던 애도를 건넸다.

풍월이 조무룡이 건넨 도를 어깨에 턱 걸친 채 말을 이었다.

“일전에 항주에서 그놈을 만난 적이 있었어. 어떤 일로 잠시 흑룡묵가와 얽히고 말았는데 저기 있는 은 형 덕분에 좋게 좋게 끝나려고 했지.”

은혼은 풍월이 자신을 가리키자 그때의 기억을 떠올리며 쓴웃음을 지었다.

“그런데 묵왕이라는 놈이 갑자기 전음을 날리는 거야. 운이 좋으니 어쩌구 하면서 욕설을 하더니만 난생 처음 만난 외숙의 가족까지 해코지를 하겠다고 선언했단 말이지. 간단히 말해 그냥 가기 싫으니까 덤비라는 거야. 제 딴에는 그따위 욕설을 격장지계(激將之計)라고 쓴 거야. 아마 자신감의 발로였을 거야. 함께 온 숙부가 왜 그냥 물러나려 했는지는 헤아릴 생각 없이 그저 제 잘난 맛에.”

풍월이 황은뢰 앞에 우뚝 섰다.

“묵왕과 똑같은 생각이었을 거다. 그냥 가기 싫은 거지. 시시하게 얻기보다는 누군가를 병신으로 만들면서 멋들어지게 비무첩을 얻고 싶은 거야. 네놈 실력을 마음껏 자랑하면서. 그게 네가 원하는 거지?”

정곡을 찔린 황은뢰는 굳이 부인할 생각이 없었다.

"그렇다면?"

도발적인 눈빛으로 풍월을 노려보았다.

차라리 잘됐다는 생각을 했다.

조무룡이 아니라 철산마도의 후예를 꺾는다면 자신의, 나아가 적룡무가의 명예를 훨씬 더 드높일 수 있을 것 같았다.

"묵왕이라는 놈은 가족을 건드렸다. 그리고 너는 내가 가장 존경하며 사랑하는 할아버지를 욕보였지. 그래서 네가 원하는대로 해주려고 한다. 풍뢰도법이 얼마나 잘난 무공인지 보여주지. 이보시오, 거기 전령."

"예, 풍 공자."

전령이 황급히 달려왔다.

"마지막 말, 다시 한번 말해주실 수 있겠소?"

전령이 즉시 입을 열었다.

"본인이 원하는 한에서 비무첩을 다시 얻을 수 있는 자격을 주신다고 하셨습니다."

"그 자격, 원하도록 하겠소."

"알겠습니다."

전령은 대답과 함께 황풍에게 다가갔다.

"비무첩을 돌려주십시오."

"무슨 말인가?"

"궁주님의 명에 의하면 비무첩은 풍 공자가 원할 땐 언제든지 다시 돌려받을 수 있습니다."

뭐라 반발을 하려던 황풍은 궁주의 명이라는 말에 아무런 대꾸도 하지 못하고 비무첩을 돌려줄 수밖에 없었다.

"그 비무첩, 내가 뺏으면 어찌 되는 것이오?"

황은뢰가 풍월에게 비무첩을 건네는 전령에게 소리쳐 물었다.

"당연히 유효합니다. 궁주님의 명령은 풍 공자께 비무첩을 취할 수 있는 첫 번째 자격을 주시는 것뿐입니다. 이후의 일은 오직 실력에 의해 좌우됩니다."

황은뢰는 전령의 대답에 비릿한 미소를 지으며 호아도(虎牙刀)를 거침없이 빼 들었다.

황은뢰, 정확히는 적룡무가 제자들이 사용하는 호아도는 일반 호아도와는 조금 차이가 있었다. 부드럽게 휘어진 도인(刀刃—칼날)은 차이가 없지만 촘촘히 홈을 파 마치 톱날처럼 만든 도배(刀背—칼등)가 달랐다.

"난 준비가 되었다."

황은뢰가 자신만만한 얼굴로 소리쳤다.

풍월이 전령에게 받은 비무첩을 조무룡에게 건네주며 말했다.

"똑똑히 봐라. 풍뢰도법이 얼마나 위대한 도법인지. 오초식 안에 끝낸다."

풍월의 말을 들은 황은뢰의 얼굴이 제대로 일그러졌다.

"오초? 이 개자식이!"

욕설과 함께 황은뢰의 호아도가 풍월의 머리를 노리며 날아들었다.

호아도는 정확하게 풍월의 목을 벴다.

모두가 그 장면을 똑똑히 보았다. 한데 호아도가 베고 지나간 곳에 풍월의 자취는 없었다.

호아도를 휘두른 황은뢰는 물론이고 두 사람의 싸움을 지켜보던 모든 이들이 풍월의 흔적을 찾아 사방으로 고개를 돌렸다.

다만 태상장로와 황풍만은 풍월의 움직임을 정확하게 파악했다.

"위다!"

황풍이 황은뢰에게 경고했다. 하지만 풍월의 도는 이미 무시무시한 기세로 황은뢰를 내려찍고 있었다.

기겁을 한 황은뢰가 황급히 도를 들어 공격을 막았다.

쾅!

폭음 터지는 소리와 함께 황은뢰의 한쪽 무릎이 그대로 꺾였다. 단순히 힘을 버티지 못해 굽혀진 것이 아니라 뼈가 부러져 살갗을 찢고 나왔다.

충돌과 함께 뒤로 잠시 물러났던 풍월이 다시금 쇄도하며 칼을 휘둘렀다.

꽝!

충돌음과 함께 황은뢰의 몸이 다시 휘청거렸다.

풍월의 몸이 시야에서 사라지는가 싶더니 어느새 황은뢰의 좌측을 파고들며 사선으로 칼을 휘둘렀다.

이를 악문 황은뢰가 적룡무가의 독문도법인 적룡십이세(赤龍十二勢)의 절초인 적룡번천을 펼쳐 풍월의 공격을 막고 역공의 기회를 노렸다.

그러나 호아도가 미처 다 뻗기도 전에 풍월의 칼이 그의 옆구리를 제대로 베고 지나갔다.

붉은 선혈이 칼의 움직임을 따라 솟구쳤다.

솟구치는 피를 보며 황풍은 주먹을 꽉 쥐었다.

죽이지 않는다는 원칙이 있기에 목숨을 잃지 않은 것이다. 하나, 상대가 독한 마음을 품는다면 폐인이 되는 것은 순식간이었다. 당장에라도 싸움에 끼어들어 황은뢰를 구하고 싶었다.

그러나 움직일 수가 없었다.

목숨을 빼앗지 않는다는 원칙과 더불어 제삼자가 절대 비무에 개입해선 안 된다는 원칙 또한 존재하기 때문이었다. 그 원칙을 어겼을 때 적룡무가가 받아야 할 피해가 너무 컸다.

"으악!"

황은뢰의 입에서 처절한 비명이 터져 나왔다.

풍월이 휘두른 칼에 호아도를 들고 있던 팔이 허공으로 치솟았다.

거기서 끝이 아니었다.

풍월은 보는 이로 하여금 몸서리가 처질 정도로 철저하게 황은뢰를 무너뜨렸다.

퍽! 퍽! 퍽!

풍월의 칼이 황은뢰의 전신을 구타했다.

칼날이 아니라 칼등을 사용해서 살이 갈라지거나 하지는 않았지만 얼굴이며 몸이며 가리지 않고 두들기는 칼의 움직임이 어찌나 강력하고 빠른지 황은뢰가 내지르는 비명 소리가 구타 소리를 따라가지 못할 정도였다.

연무장에는 오직 구타 소리와 비명 소리만이 가득했다.

아무도 풍월을 말릴 엄두를 내지 못했다.

태상장로는 미쳐 날뛰는 풍월을 보며 조금 전, 그와 나누었던 대화를 떠올리며 몸을 부르르 떨었다.

황풍 역시 절대 건드려선 안 되는 상대를 건드렸다는 것을 뼈저리게 느끼며 지금의 악몽이 빨리 지나가기만을 빌 뿐이었다.

비명 소리가 희미해지면서 구타도 멈췄다.

"으으으."

피범벅이 되어 이전의 모습을 전혀 찾아볼 수가 없는 황은뢰가 공포 가득한 눈으로 풍월을 바라보며 입술을 덜덜 떨었다.

풍월이 그의 앞에 쭈그려 앉았다.

"지금껏 네가 망가뜨린 사람들이 어떤 고통을 받았을지 느껴봐라. 그리고 다시는 할아버지를 모욕하지 마라. 그땐 이렇게 끝나지 않는다."

조용히 속삭인 풍월이 천천히 자리에서 일어났다.

적룡무가의 무인들이 황은뢰의 부상을 살피기 위해 우르르 몰려왔다.

"승부는 아까 끝났다. 꼭 이렇게 잔인하게 손을 써야 했나?"

풍월은 무시무시한 적의가 담긴 황풍의 눈빛을 담담히 받아내며 말했다.

"저놈에게, 적룡무가의 손속에 병신이 된 사람들에게도 그렇게 말을 해보시지요."

"네, 네놈이……."

황풍이 당장에라도 손을 쓸 것처럼 기세를 끌어 올리자 은혼과 나란히 서서 싸움을 지켜봤던 정노가 곧바로 끼어들었다.

"비무로 인한 분란은 용납되지 않습니다."

황풍의 매서운 눈이 정노에게 향했다.

눈빛만으로도 살인을 할 수 있을 정도로 살벌한 살기가 쏟아졌지만 절대로 자신을 건드리지 못한다는 확고한 믿음을 가지고 있는 정노는 태연하기만 했다.

"비무의 결과에 불만이 있으시면 다시 도전하시면 됩니다."

마지막 얄미운 한마디를 날린 정노가 은혼에게 고개를 숙였다.

"이만 돌아가야겠습니다. 보고할 것이 많네요."

"그래, 애썼다. 수고해."

은혼의 격려를 받으며 백마에 올라탄 정노는 올 때와 마찬가지로 바람처럼 사라졌다.

꽝!

황풍이 내디딘 발걸음에 연무장이 움푹 파였다.

정노의 경고로 인해 아무것도 할 수 없었던 황풍은 치미는 화를 연무장 바닥에 풀고는 풍월과 철산도문의 제자들을 돌아보며 소리쳤다.

"적룡무가는 오늘의 일을 결코 잊지 않을 것이다."

복수를 다짐하며 떠나는 황풍의 뒤로 풍월의 중얼거림이 슬그머니 따라붙었다.

"자고로 두고 보자는 사람치고 무서운 사람은 없다고 했던가."

황풍의 몸이 멈칫하며 부르르 떨리는가 싶더니 뒤도 돌아보지 않고 그대로 사라졌다.

황풍과 적룡무가의 무인들이 완전히 사라지자 철산도문의 제자들이 일제히 함성을 내질렀다.

태상장로와 그를 따르는 여러 장로들이 풍월의 무위에 대한 놀라움과 두려움으로 인해 떨떠름한 표정을 짓고 있는 반면, 조무룡을 필두로 젊은 제자들은 그야말로 목이 터져라 소리를 질렀다.

"적룡무가가 꽤나 괴롭혔다더니만 그동안 맺힌 게 많은 모양이네요."

은혼의 말에 풍월은 알고 싶지도 않다는 표정을 지으며 한숨을 내쉬었다.

"빌어먹을! 적룡무가의 병신이 그런 헛소리만 하지 않았어도 나서지 않았을 겁니다."

"그러게요. 적룡무가가 철산도문과 그렇게 사이가 좋지 않았어도 철산마도 선배님만큼은 함부로 거론하지도 않고 늘 존중했는데요. 아무것도 모르는 애송이가 감히 철산마도 선배님을 욕보이다니요."

풍월이 자신의 말에 맞장구를 치며 목소리를 높이는 은혼을 물끄러미 바라보다 물었다.

"신납니까?"

"예?"

"신나 보입니다. 그것도 아주."

"그럴 리가요. 절대 오햅니다."

우거지 상을 하고 있는 풍월에게 괜한 불똥을 맞을까 황급히 손사래를 친 은혼이 이내 의미심장한 미소를 지으며 말했다.

"그나저나 축하드립니다."

"뭘요?"

풍월이 뚱한 표정으로 되물었다.

"패천마궁을 대표해서 화평연의 비무에 나가게 된 것을요."

"아! 진짜!"

풍월의 화가 폭발하는 순간, 말을 할 때부터 뒷걸음질을 치고 있던 은혼의 신형은 이미 연무장을 벗어나고 있었다.

제36장

질 수가 없다

"후! 좋네."

풍월이 폐부 깊숙이 숨을 들이마셨다.

매일 마시는 공기였지만 오늘따라 유난히 상쾌하고 시원한 느낌이었다.

지그시 눈을 감고 양팔을 힘껏 벌려 숨을 쉬고 있는 풍월의 모습에 은혼이 웃음을 터뜨렸다.

"하하하! 그동안 무척 답답했던 모양입니다."

"솔직히 조금 답답하긴 했지요. 꼬박 두 달이나 묶여 있었으니까. 그래도 나쁘지 않았습니다. 아니, 솔직히 꽤나 좋았네요."

풍월은 철산도문에서 지낸 두 달을 떠올리며 옅은 미소를 지었다. 특히 자신과의 이별을 아쉬워하며 눈물까지 흘리던 사질들을 생각하면 마음 한쪽이 따뜻해지기까지 했다.

적룡무가의 만행, 혹은 누군가의 의도된 계획으로 인해 어쩔 수 없이 비무첩을 받게 되었지만 풍월은 애당초 화평연에 나갈 마음이 없었다.

할아버지로 인해 철산도문의 무공을 이어받기는 하였으나 딱히 철산도문에 얽매이기 싫었다. 또한 철산도문을, 패천마궁을 대표하여 화평연에 나갈 경우 화산과의 관계가 무척이나 애매해질 수가 있었다.

처음 화산을 방문했을 때 그다지 환영을 받지 못했기에 딱히 좋은 관계를 맺고 싶은 마음도 없었다. 다만 화산에는 도진 사숙과 청연 사형, 두 사질이 있다. 혹여나 자신으로 인해 그들이 피해를 받을까 걱정이 됐다.

해서 조용히 사라질까 고민을 하기도 했다.

하지만 조무령을 비롯하여 철산도문의 젊은 사질들의 무공을 봐주기 시작하면서 제대로 발목이 잡히고 말았다.

철산도문에서 배출한 전설적인 고수, 철산마도의 후예이자 문파의 숙적이라 할 수 있는 적룡무가의 콧대를 제대로 꺾으며 그간의 설움을 한 방에 날려 버린 풍월은 그야말로 영웅이나 다름없었다.

그런 영웅에게 가르침을 받을 수 있는 것은 젊은 제자들 입장에선 실로 영광스러운 일. 다들 어떻게든 하나라도 더 얻기 위해 죽을힘을 다해 노력했고, 이른 아침부터 늦은 밤까지 풍월을 괴롭히고 또 괴롭혔다.

처음엔 다소 귀찮아하던 풍월도 그들의 노력에 감동을 받은 것인지 어느 순간부터 최선을 다하기 시작했다.

애당초 어린 나이도 아닌데다가 이미 무공을 익히고 있던 터라 굳이 기초적인 수련은 필요 없었다.

할아버지들로부터 '최고의 수련은 실전이다' 라는 말을 귀에 인이 박히도록 들어왔던 바, 풍월 역시 실전과도 같은 비무를 통해 사질들의 실력을 키우고자 했다.

아침부터 밤까지 계속해서 비무가 이어졌고 밤낮없이 수련에 매달린 철산도문의 제자들은 하루가 다르게 실력이 늘어갔다. 특히 풍월이 가장 신경 써서 가르침을 준 조무룡의 성장은 실로 눈부신 것이었다.

육성에 이르렀던 풍뢰도법의 수준이 단 두 달 만에 팔성을 돌파했고 어느덧 구성을 눈앞에 두고 있었다.

풍뢰도법의 수준만 놓고 따졌을 때 조무룡의 실력이 장로들은 물론이고 한참 전에 구성에 오른 태상장로보다 뛰어나다고 해도 과언이 아니었다. 이는 철산마도가 남긴 풍뢰도법이 단지 후삼초를 오초로 늘린 것에 그치지 않고 풍뢰도법 전체를 관통하며 부족한 점을 보완, 발전시켰다는 것과 풍뢰도법을 완벽하게 익히고 이해하고 있는 풍월의 적절한 조언 덕분이라 할 수 있었다.

그렇다고 풍월이 일방적으로 도움만 준 것은 아니었다.

풍월 또한 사질들을 가르치는 과정에서 자신도 모르게 많은 깨달음을 얻을 수 있었다. 특히 과거 할아버지가 했던 사소한 충고와 지적들이 얼마나 중요한 의미를 지녔는지 알게 되었을 때의 희열감은 그 무엇과도 바꿀 수 없는 소중한 경험이었다.

그렇게 두 달이란 시간이 구름처럼 흘러갔다.

그리고 바로 어젯밤, 화평연을 한 달 앞둔 시점에서 패천마궁 궁주의 호출을 받게 된 것이다.

"한데 풍 공자."

"예."

"이제 포기한 겁니까?"

"뭘요?"

"틈만 나면 도망치려 하지 않았습니까? 흐흐흐. 극성맞은 사질들 때문에 그 틈이 좀처럼 생기질 않아서 그렇지."

은혼이 약 올리듯 웃으며 말했다.

"뭐, 어쩌겠어요. 이제 와서 도망치기도 좀 그렇잖아요. 애당초 황은뢴가 뭔가 하는 놈 작살날 때 이미 끝난 거였어요.

코 꿰인 거지요."

쓴웃음과 함께 품에 든 비무첩을 슬쩍 만지는 풍월, 도망치는 것을 완전히 체념한 얼굴이었다.

*　　　*　　　*

"얘기는 계속해서 듣고 있었다. 철산도문이 하루가 다르게 변하고 있다지?"

독고유가 차를 권하며 말했다.

"그 정도까지는 아니고요. 조금씩 변한 것 같기는 합니다. 다들 열심히라서요."

"네 덕이다. 부탁을 하면서도 크게 기대는 하지 않았는데 정말 잘해주었다."

독고유의 거듭되는 칭찬에도 풍월의 시큰둥한 표정은 잘 풀리지 않았다.

그 이유를 짐작한 독고유가 너털웃음을 지었다.

"허허! 무슨 일로 그리 뚱한 얼굴을 하고 있는 것이냐?"

"모르시진 않을 텐데요."

"설마 비무첩 때문에 그러느냐?"

"철회를 해주시려면 깔끔하게 정리를 해주셔야지요. 그렇게 장난을 치실 필요는 없지 않았습니까?"

"허허! 장난이라니. 그냥 노부의 막연한 기대를 담았을 뿐이다. 한데 그 결과로 네가 내 앞에 앉아 있으니 다행히 늙은 이의 바람이 통한 것 같기도 하고."

독고유의 천연덕스러운 대답에 풍월이 발끈했다.

"막연한 기대라고요? 치밀한 계획 아닙니까? 적룡무가가 들이치는 순간에 기다렸다는 듯 전령이 온 것도 그렇고. 아니, 애당초 적룡무가가 찾아온 것도 궁주님의 입김 때문이 아닌지 의심스럽군요."

"의심을 하면 끝이 없는 법이다. 그저 우연이 겹치고 또 겹쳐 필연이 된 것으로 하자꾸나."

독고유는 적당히 정리를 하려 했으나 풍월은 아직 할 말이 남았다.

"중요한 건 제가 완전히 결정을 내리진 않았다는 겁니다."

느긋하게 찻잔을 들던 독고유의 움직임이 그대로 굳었다. 슬쩍 고개를 들어 풍월을 살피는 눈동자엔 은은한 노기가 깃들어 있었다. 패천마궁에 속한 그 누구도 독고유의 눈빛을 마주하면 두려움에 떨었지만 풍월은 아니다.

"하면 네가 굳이 남은 이유는 무엇이냐? 도망을 치려면 진즉에 도망을 칠 수 있었다."

"사실 그러려고 했지요. 그런데 발목이··· 그런 얘기는 관두고요. 궁주께선 우연이 겹쳤다고 하시지만 전 치밀한 계획에 당했다는 생각입니다. 계획은 아마도 묵영단주, 아니, 군사께서 주도하신 걸 테고요."

풍월의 날카로운 시선이 뒤쪽에서 서류를 들척이고 있던 순후에게 향했다. 순후는 그의 시선을 느끼면서 그저 모른 척 자기 일에만 열중했다.

"그래서 어쩌자는 것이냐?"

독고유가 조금은 짜증 섞인 음성으로 물었다.

"화평연에 참가를 하죠."

"좋은 생각이다."

독고유가 언제 짜증을 냈냐는 듯 환한 얼굴로 고개를 끄덕였다.

"대신 조건이 있습니다."

"조건?"

"궁주님 입장에서 어려운 건 아닙니다. 애당초 궁주님 때문에 벌어진 일이니까요."

"말해봐라."

독고유가 의자 깊숙이 몸을 묻었다.

"철산도문을 보호해 주십시오."

독고유의 미간이 꿈틀거렸다.

"본궁의 생리를 잘 알면서 그러느냐? 약하면 도태된다. 그건 설사 나라도 바꿀 수 없다."

"철산도문과 악감정을 지니고 있는 곳은 적룡무가뿐이었습니다. 하지만 지금은 아니겠죠. 비무첩으로 인해 제게 도전했다가 반병신이 된 녀석들이 열 명 가까이 됩니다. 지금이야 화평연 때문에 참고 있지만 언제고 때가 되면 쌓아둔 원한을 풀려고 할 겁니다. 직접적이든 간접적이든."

"흠, 그럴듯하구나."

"그럴듯한 게 아니라 그렇습니다. 패천마궁은 힘이 약하면 적당히 무시하는 선에서 끝내지 않고 아예 밟아버리려는 곳이니까요."

"뭐, 부정하지는 않겠다. 약육강식을 추구하는 본궁에서 늘 벌어지는 일이기도 하지."

독고유는 계속해서 애매한 입장을 취했다.

"짐작하고 계시겠지만 철산도문과 저의 직접적인 인연은 딱 화평연까지입니다."

"화평연이 끝나면 떠나겠다는 것이냐?"

"물론입니다."

"그러니 너를 대신해서 철산도문을 지켜달라?"

"예, 화평연이 끝난 이후, 노골적인 핍박이 시작되리라 봅니다. 문제는 제가 겪어본 철산도문의 수뇌들은 절대로 그들의 압박을 감당하지 못한다는 겁니다."

"그럴 수도. 아니, 정확히 보았다. 무능력한 놈들만 살아남았거든. 하지만 앞서 말했듯 무작정 저들을 보호할 수는 없다."

부정적인 반응이 계속되자 풍월이 손가락 세 개를 폈다.

"삼 년입니다. 삼 년만 바람막이가 되어주십시오."

"삼 년?"

생각보다 짧은 시간에 독고유가 흥미를 보였다.

"자신 있느냐?"

"삼 년 정도면 어지간한 풍파 정도는 감당할 수 있을 정도로 성장할 놈이 있습니다."

"조무룡이란 아이냐?"

"그렇습니다. 궁주께서 지켜본 그 녀석입니다. 확실히 뛰어나더군요. 나머지 놈들 중에도 장차 철산도문의 기둥이 될 만한 녀석들이 몇 있었습니다."

"그건 반가운 말이군."

독고유의 입가에 만족해하는 웃음이 지어졌다. 풍월을 철산도문에 주저앉힌 효과가 톡톡히 나타났기 때문이다.

"아무튼 그게 네 조건이란 말이지. 화평연에 나가는 조건."

"그렇습니다."

"만약 거절하면 어찌할 테냐?"

독고유가 슬쩍 물었다.

"내일 아침부터는 저를 보지 못하실 겁니다."

"여기가 어딘지 모르느냐? 본좌의 허락 없이는 한 발자국도 나가지 못한다."

독고유의 강경한 어조에 풍월이 심드렁한 표정으로 대꾸했다.

"막는다면 굳이 나갈 생각은 없습니다. 까짓 화평연에도 참가를 하지요. 대신 무조건 일패를 얻게 될 겁니다."

"일부러 지겠다는 말이냐? 검선과 마도의 체면에 먹칠을 해도……."

"두 분 할아버지의 체면에 먹칠할 일은 없습니다. 제가 일부러 진다는 걸 세상 사람들이 다 알 텐데요. 오히려 제 입장을 두둔하는 사람이 많을 겁니다. 아시잖습니까? 저와 화산의 관계를."

"……."

독고유가 침묵하자 풍월이 약간은 애원하는 표정으로 말했다.

"삼 년입니다. 더도 말고 삼 년만 지켜주시면 됩니다."

한참이나 침묵하던 독고유가 두 사람을 향해 귀를 쫑긋 세우고 있는 순후를 불렀다.

"순후."

"예, 궁주님."

순후가 득달같이 달려왔다.

"어찌 생각하느냐?"

"당연히 받아들여야 한다고 봅니다."

당연히라는 말이 마음에 들지 않는지 독고유의 눈썹이 한껏 치켜올라 갔다.

"본궁의 원칙을 어기는 일이다."

"풍 공자의 화평연 참가에는 그만한 가치가 있습니다."

순후의 음성은 그 어느 때보다 단호했다.

"잊으셨습니까? 이번에 열리는 화평연은 여느 때의 대회와는 비교할 수 없을 정도로 중요합니다."

순후의 단호한 어조에서 뭔가를 기억해 낸 독고유가 크게 탄식했다.

"아! 그렇구나. 내 잠시 잊고 있었다. 아무렴, 반드시 이겨야지."

이를 부득 가는 독고유의 시선이 느긋하게 찻잔을 홀짝이는 풍월에게 향했다.

풍월은 독고유와 순후가 나눈 대화의 내용을 정확하게 이해하고 있었다.

지금까지 화평연은 열여섯 번이 열렸다. 그리고 비무대회에서 패천마궁과 정무련은 서로 여섯 번의 승리를 나눠가졌고 네 번의 무승부를 기록했다.

승부의 균형추가 곧 있을 화평연에서 깨지게 된다. 게다가

지난 대회에서 패천마궁은 역대 최악의 졸전을 펼치며 패배하는 망신을 당하기까지 했다.

풍월이 화평연에 참가하는 것을 두고 이렇듯 배짱을 튕길 수 있는 것도 바로 그 점을 잘 알고 있기 때문이었다.

"지금까지 분석한 바로는 올해 비무대회는 그 어느 때보다도 팽팽한 접전이 예상됩니다."

"장난하는 게냐? 며칠 전 네 입으로 역대 최고의 전력을 갖췄다고 했다."

독고유의 질책에 순후는 송구하다는 듯 살짝 고개를 숙이며 말했다.

"그건 사실입니다. 다만 그만큼 저쪽에서도 인재들이 많이 발굴되었습니다. 전통적으로 뛰어난 제자를 배출한 구대문파나 사대세가는 물론이고 일반 문파들의 경합에서 뽑힌 자들의 실력도 상당한 것으로 파악되었습니다. 보고를 드렸습니다만."

심기가 불편한 독고유는 별다른 대꾸를 하지 않았다.

"하지만 그건 저 친구를 배제했을 경우지요. 저 친구가 참가를 하게 되는 순간 모든 것이 바뀝니다. 단순히 일승을 얻는 것으로 끝나지 않습니다."

"정확히 설명해라."

"묵영단의 자체 분석으론 비무대회에서 오 할, 승부가 날 가능성이 거의 팔 할에 이르렀습니다. 이는 곧 대장전이 열릴 확

률 또한 그만큼 높다는 것입니다."

대장전이란 말에 독고유의 표정이 확 변했다.

불편한 기운은 순식간에 사라지고 입가에 미소까지 맴돌았다.

"그렇지. 대장전이 열린다면……."

독고유가 모른 척 딴청을 피우고 있는 풍월을 지그시 노려보며 말했다.

"질 수가 없겠구나."

"예, 그것이 바로 저 친구를 무조건 화평연에 참가시켜야 하는 이유입니다."

두 사람의 대화를 듣고 있던 풍월의 입가에 진하디진한 미소가 지어졌다.

* * *

거대한 대전에 수많은 사람들이 모였다.

패천마궁을 이끌어가는 수뇌들은 물론이고 패천마궁에 지부 형식으로 파견을 한 장로급 인사들까지 총출동해서인지 그 위압감이 말도 못할 정도였지만 의외로 분위기는 좋았다.

다만 그들 모두의 주목을 한데 받고 있는 아홉 명의 젊은이들은 그 자리가 무척이나 어색하고 부담스러운지 제대로 숨도

쉬지 못했다.

그들의 긴장감을 풀어주기 위해 몇 마디 말을 거는 사람들이 있었지만 몇 마디 말로 긴장이 풀릴 정도의 분위기가 아니었다.

대전의 문이 활짝 열리고 대전에서 유일하게 무기 소지가 허락된 밀은단주 위지청이 큰 소리로 외쳤다.

"궁주님께서 오십니다."

왁자했던 대전에 순간적으로 침묵이 찾아왔다.

두 손을 가지런히 모으는 것은 물론이고 의복을 살피는 자들도 보였다.

독고유가 대전으로 들어서자 일제히 허리를 꺾었다.

"패천군림(霸天君臨)! 만마앙복(萬魔仰伏)!"

독고유의 뒤를 따라 걷던 풍월은 대전을 뒤흔드는 함성에 인상을 찌푸렸다.

"이게 무슨 난리랍니까?"

풍월과 어깨를 나란히 하고 있던 순후가 빙그레 웃었다.

"놀랐나 보군. 뭐, 옛날부터 내려오는 전통이라고나 할까. 궁주님의 절대적인 권위를 상징하는 것이지."

"어째 종교 집단을 보는 것 같습니다. 거 있잖습니까, 혹세무민(惑世誣民)하는……."

"재밌는 발상이군. 딱히 부정하기도 애매한데."

순후가 피식 웃으며 그의 어깨를 살짝 두드렸다.

"다른 사람들 앞에서 너무 티 내지는 말게나. 바로 칼이 날아들 수도 있으니까."

"확실히… 그래 보이네요."

풍월이 떨떠름한 표정으로 아직도 허리를 펴지도 못하고 있는 자들을 바라보았다.

"이건 양호한 것이라네. 이전엔 오체투지(五體投地)를 했으니까. 그나마 궁주님께서 볼썽사납다고 금지해서 이 정도인 것이야."

"오체… 투지요?"

풍월이 납작 엎드리는 자세를 흉내 내며 물었다.

어이없어하는 풍월을 보며 고개를 끄덕여 준 순후가 조용히 말했다.

"잡담은 그만하지. 자네 자리는 저길세."

풍월이 순후가 가리키는 곳으로 고개를 돌렸다.

자기 또래의 청년들이 땅에 코가 닿을 정도로 허리를 숙이고 있는 광경이 들어왔다.

"고개를 들라."

독고유가 마치 황제의 어좌처럼 단을 쌓아 놓은 곳에 마련된 황금빛 의자에 앉아 소리쳤다.

독고유의 명에 의해 대전에 두 가지 상반된 움직임이 있었다.

첫 번째는 그때까지 허리를 숙이고 있던 자들이 일제히 허리를 편 것이고, 다른 하나는 풍월이 대각선으로 대전을 가로지르며 순후가 지정한 자리로 이동하는 것이었다.

거침없이 발걸음을 놀리는 풍월에게 거의 백 쌍에 이르는 시선이 쏟아졌다.

반응은 정확히 반으로 갈렸다.

노골적으로 그를 적대시하는 이들은 비무첩과 연관하여 풍월에게 직접, 간접적으로 피해를 본 자들이었고 나머지 사람들은 이미 비무첩을 확보하여 그와 부딪칠 일이 없었던 가문, 세가 사람들과 패천마궁의 수뇌들이었다. 그들은 소문으로만 듣던 풍월을 처음 보게 되어 그런지 호기심 가득한 얼굴로 그의 일거수일투족을 살폈다.

풍월은 자신에게 쏟아지는 시선 따위는 전혀 신경 쓰지 않고 청년들이 모여 있는 곳으로 걸어가 섰다.

청년들은 전체적으로 풍월에게 우호적인 시선을 보였다. 다만 승천하는 적룡이 인상적으로 수놓아진 전포를 걸치고 있던 두 명의 청년은 적의를 넘어 노골적인 살기를 드러냈다.

풍월은 그들의 정체를 바로 알 수 있었다.

"적룡무가에서 온 친구들인 모양인데 어지간하면 살기는 거두지그래."

작은 목소리가 아니었다.

대전에 있는 모두에게 들릴 정도는 아니었으나 그래도 상당수는 풍월의 말을 들었다.

풍월의 도발에 적룡무가의 대표, 황웅과 황산척의 표정이 대번에 변했다. 하지만 장소가 장소이니만큼 함부로 움직이지 못했다. 그저 더욱 매서운 살기를 드러낼 뿐이었다.

그걸 참을 풍월이 아니다.

"살기, 거두라 했다. 그걸 참을 정도로 난 인내심이 깊지 않아."

거듭된 경고에도 황웅과 황산척이 살기를 거두지 않자 풍월이 차갑게 웃었다.

"내가 말만 앞세우는 놈인 줄 아는 모양이네. 너희들이 착각하는 게 하나 있다. 네놈들은 몰라도 난 아니야. 이곳이 대전이든 어디든 상관이 없다는 말이지."

풍월의 기세가 폭발적으로 상승하고 위지청이 움직이려 했지만 독고유가 눈짓으로 그를 제지했다.

"마지막 경고다. 찌그러져. 뒈지고 싶지 않으면."

북풍한설보다 더욱 차갑고 살벌한 음성에 황웅과 황산척은 자신도 모르게 고개를 돌렸다. 더불어 풍월에게 향했던 살기도 씻은 듯 사라졌다.

"그래, 그러니까 얼마나 좋아."

풍월은 비릿한 조소와 함께 그들을 스쳐 지나가 청년들이 모인 가장 끝자리에 자리했다.

"지나치다!"

가장 먼저 반발한 사람은 적룡무가에서 파견을 나와 있는 장로 황찬이었다.

"이곳이 어느 안전이라고 그런 오만방자한 행동과 언행을 일삼는단 말이냐?"

풍월을 향해 호통을 친 황찬이 독고유와 패천마궁의 수뇌들을 향해 호소했다.

"지금껏 대전에서 이렇듯 무례한 행동을 한 자는 존재하지 않았습니다. 당장 죄를 물어야 할 것입니다."

황찬의 외침에 대다수의 사람들은 풍월이 아니라 철산도문의 대표 촉오란에게 시선을 돌렸다. 그런데 당연히 풍월을 변호해야 할 촉오란은 곤란한 표정으로 슬며시 고개를 돌리고 말았다.

그런 촉오란을 살피는 이들의 입가에 진한 조소가 흘렀다.

철산도문 몰락의 한 단면을 다시금 보게 됐다는 표정들이었다.

"황찬 장로의 말씀에 일리가 있는 것 같은데 그의 말에 너는 어찌 생각하느냐?"

독고유를 보좌하며 패천마궁을 이끄는 다섯 명의 장로 중 가장 신망이 두터운 일장로 곡한이 물었다.

풍월은 대답 대신 황찬을 향해 성큼성큼 걸어갔다.

그의 갑작스러운 행동에 대전이 술렁거렸다.

황웅, 황산척과 대립할 때는 그저 젊은 혈기, 혹은 치기 어린 행동이라 여기며 흥미롭게 보던 자들도 불쾌감을 표시했다. 다른 사람도 아닌 곡한의 말을 무시했기 때문이었다.

정작 곡한과 나머지 네 명의 장로들은 담담한 얼굴로 풍월의 행동을 지켜봤다.

"네, 네놈 무슨 짓을 하려는 거냐?"

황찬이 노기 띤 얼굴로 소리쳤지만 풍월은 여전히 대꾸 없이 그의 앞에 섰다. 그러고는 느닷없이 살기를 뿌렸다.

독고유의 후미에 시립해 있던 위지청이 자신도 모르게 검을 뽑고 한 걸음 나설 정도로 대단한 살기였다.

황찬에게 쏟아지는 살기는 시간이 갈수록 더욱 살벌해졌다.

황찬이 기세를 끌어 올려 대항을 해보려 했지만 완벽하게 기선을 제압당한지라 쉽지가 않았다.

그럴 리가 없다고 생각하면서도 금방이라도 목이 떨어질 것 같은 두려움에 낯빛이 하얗게 질린 황찬.

풍월이 약간의 틈을 보이자 황찬의 일수가 풍월의 얼굴로 날아들었다.

풍월은 이에 대응하지 않고 뇌운보를 이용하여 공격권을 벗어났다.

순식간에 사라지는 목표물을 놓치고 결국 허무하게 허공을 가른 황찬이 풍월을 찾아 고개를 이리저리 돌리고 있을 때 어느새 자신의 자리로 돌아간 풍월이 곡한을 바라보며 말했다.

"이런 겁니다. 장소 불문하고 코앞에서 쏟아지는 살기를 모른 체할 수는 없다고 봅니다. 저기 계신 황찬 장로가 직접 시범을 보여주셨듯이."

언뜻 맞는 듯하나 쉽게 인정하기 힘들 정도로 오만하고 건방진 대답에 대전에는 깊은 적막감이 찾아들었다. 그리고 과연 곡한이 어떤 반응을 보일까 숨죽여 기다렸다.

"크하하하하!"

곡한의 입에서 유쾌한 웃음이 터져 나왔다.

예상치 못한 반응에 다들 입을 쩍 벌리고 있을 때 겨우 웃음을 참은 곡한이 독고유를 향해 말했다.

"뇌량 그 친구가 철산도문에 이상한 놈이 있다고 하더니만 그 말이 맞았습니다. 이상하기도 하고 또 재미도 있는 녀석이군요. 안 그런가?"

곡한의 물음에 오장로 냉휴상이 고개를 끄덕였다.

"잠깐 본 것이긴 해도 실력도 그럭저럭 괜찮은 것 같습니다."

"확실히 보법은 대단했어요."

곡한 등과 비슷한 연배임에도 중년의 아름다움을 잃지 않고 있는 사장로 단화영이 아름다운 눈빛을 빛내며 말했다.

보법만 따졌을 경우 패천마궁에서 으뜸이라는 그녀답게 풍월이 잠깐 선보인 뇌운보의 위력을 제대로 간파했다.

"아이야, 그 보법은 무엇이냐?"

"뇌운보라고 합니다."

"뇌운보라……."

단화영이 조용히 중얼거리자 순후가 슬그머니 끼어들었다.

"화산의 매화보와 철산도문의 섬환보를 바탕으로 완성한 보법이라 합니다."

순후의 설명에 깜짝 놀란 풍월이 그를 돌아보다 이내 고개를 끄덕였다. 언젠가 은혼에게 뇌운보에 대해 설명을 해준 기억을 떠올린 것이다.

'별걸 다 보고했네.'

풍월은 은혼에게 조금은 말을 아껴야겠다는 다짐을 했다.

"정말 그 두 보법을 바탕으로 완성한 것이더냐?"

단화영이 놀라 물었다.

"예."

"매화보와 섬환보라니! 어찌 그런……."

놀라움을 감추지 않은 그녀는 풍월을 향해 웃음을 거두고 진지한 표정으로 말했다.

"내게 시간을 좀 내주겠느냐? 뇌운보를 보다 자세히 견식하고 싶구나."

"알겠습니다."

풍월은 흔쾌히 허락을 했다.

다들 놀란 눈으로 풍월과 단화영의 대화를 지켜보던 가운데 지금껏 침묵하던 독고유가 처음으로 입을 열었다.

"황찬의 주장은 제 스스로의 행동으로 반박한 것으로 하고."

힘없이 고개를 떨구는 황찬의 낯빛이 부끄러움으로 붉게 물들었다.

"이보게, 오장로."

"예, 궁주님."

"근래 들어 고민이 많다고 하더니만 눈까지 형편없어진 건가?"

"예? 그게 무슨……."

질책 섞인 물음에 냉휴상이 크게 당황했다.

"저 아이의 실력이 그럭저럭 괜찮다고 했던가?"

독고유가 풍월을 가리키며 물었다.

"예? 그, 그렇습니다만."

냉휴상은 혹여 자신이 무슨 실수를 한 것은 아닌지 고민하며 고개를 끄덕였다.

"그러니까. 눈이 형편없어졌다고 한 것이야."

"이해가 가지 않습니다."

많은 사람들 앞에서 망신을 당했다고 여긴 냉휴상이 입술을 지그시 깨물며 말했다.

"저놈의 실력은 그럭저럭 괜찮은 게 아니라 믿을 수 없을 만큼 대단하다는 말이네."

냉휴상은 불신 가득한 얼굴로 풍월에게 시선을 주었다.

어깨를 으쓱이는 풍월을 보며 냉휴상은 독고유의 말을 이해할 수가 없었다.

'아까 보여준 실력은 확실히 대단했지만……'

독고유의 이어지는 폭탄 발언에 상념은 이어질 수가 없었다.

"제대로 실력을 발휘한다면 장담컨대 이곳에서 놈에게 이길 수 있는 사람이 몇이나 있을까 궁금하다."

단 몇 마디로 대전을 초토화시키는, 그야말로 거대한 폭탄이 대전에 떨어졌다.

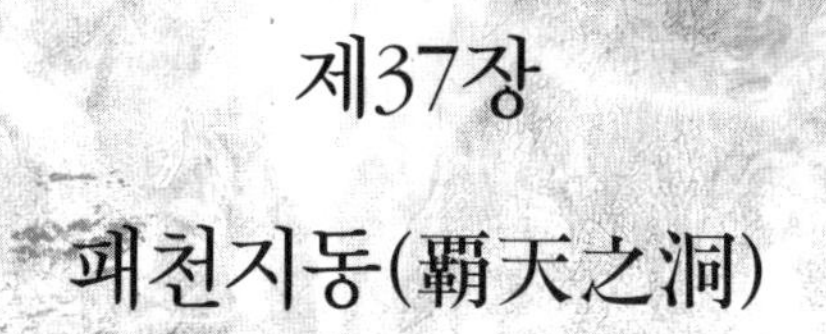

제37장

패천지동(覇天之洞)

"뭐 해? 모이라는 소리 못 들었어?"

천종이 멍한 표정을 짓고 있는 풍월의 어깨를 툭 쳤다.

그는 북명천가의 대표로 화평연에 뽑힌 이들 중 풍월과 가장 먼저 친해진 사이였다.

"몰라. 아, 피곤해 죽겠다."

"왜? 또 시달렸냐?"

천종은 풍월이 왜 그리 피곤한 얼굴을 하고 있는지 너무도 잘 알고 있었다.

대전에서 독고유의 폭탄 선언 이후, 풍월은 냉휴상 등에 의해 모처로 끌려(?)갔다.

그것이 시작이었다.

화평연에 뽑힌 이들이 패천마궁의 여러 고수들의 도움을 받으며 비무대회에서 만날 것으로 예상되는 적들에 대한 분석을 하며 정신없이 보내는 사이, 풍월은 모든 일정에서 완전히 배제된 채 매일같이 엉뚱한 이들에게 불려갔다.

하루는 사장로에게, 하루는 오장로에게, 그리고 또 하루는 느닷없이 패천마궁으로 찾아온 뇌량에게.

풍월이 이곳저곳으로 불려 다니면서 패천마궁엔 묘한 소문이 돌기 시작했다.

패천마궁의 수뇌들이 하루가 멀다 하고 앓아누웠다는, 그리고 그들 대부분이 풍월을 불러낸 사람이라는.

"어쩌겠냐? 다 내가 자초한 것을."

풍월이 한숨을 내쉬었다.

그의 말대로 이 모든 소동은 풍월 자신이 자초한 면이 컸다.

'그 작자의 계획에 순순히 따르는 것이 아니었는데…….'

풍월의 뇌리에 악마처럼 웃고 있는 순후의 얼굴이 떠올랐다.

풍월은 화평연에 나가는 조건으로 철산도문을 보호해 달라고 요구했다. 하지만 패천마궁의 생리상 설사 궁주라도 무작정 철산도문을 보호하기는 불가능했다. 더구나 이미 몇 년 간 알게 모르게 배려를 해준 터라 더욱 그랬다.

해서 순후가 한 가지 계획을 세웠다.

사실 계획이랄 것도 없었다.

철산도문의 대표로 나오는 풍월이 얼마나 강한 인물인지, 그가 미쳐 날뛰면 얼마나 큰 피해를 볼 수 있는지를 모두에게 제대로 보여주자는 것이었다.

그냥 무시해도 됐을 황웅과 황산척의 도발과 이어지는 황찬과의 사건을 일부러 크게 키운 이유가 바로 거기에 있었다.

거기에 독고유가 오장로를 도발하며 순후의 계획에 화룡정점을 찍으니 그곳에 모인 모두의 뇌리에 풍월은 패천마궁의 궁주 앞에서도 능히 미친 짓을 할 수 있는, 게다가 결코 건드려선 안 되는 놈이란 인식이 강하게 박혔다.

그날 이후, 철산도문의 안전은 어느 정도 담보되었다고 해도 과언은 아닐 것이다. 그로 인해 풍월은 피곤한 나날을 보낼 수밖에 없었지만.

'분명 날 엿 먹이려고 그런 거겠지. 생각해 보면 내가 거기서 그 난리를 피울 필요는 없었어. 어차피 아쉬운 건 궁주였는데. 다른 방법도 분명 많았을 거고. 젠장!'

풍월이 자신의 어리석음을 탓하고 있을 때 천종이 그의 팔을 잡아끌었다.

"빨리 가자. 시간 됐다."

"그래."

풍월이 천종에게 이끌리다시피 하여 집합 장소에 도착하니 진즉에 모인 이들이 그들을 못마땅한 표정으로 보고 있었다.

"자, 이제 모두 모였으니 움직이도록 하지."

신기당주 모일연이 수하들을 대동한 채 걸음을 옮기자 풍월을 포함하여 열 명의 젊은 남녀가 서둘러 그 뒤를 따랐다.

풍월을 제외하고 화평연에 참가가 확정된 대표 아홉 명의 면면은 다음과 같았다.

북명천가의 천종, 남천밀가의 몽연화, 흑룡묵가의 묵인도, 적룡무가의 황웅, 만독방의 여운교, 잠영루의 연리승, 수라검문의 엽무강, 녹림의 유연청, 마지막으로 혈검문 용악군이었다.

대전에서 처음 인사를 나눴을 때와 차이가 있다면 적룡무가의 대표 황산척이 빠지고 그를 대신해 녹림의 유연청이 그 자리를 차지했다는 것이다.

패천마궁은 자신들도 화평연에 참가할 수 있는 자격을 달라는 녹림의 요청을 받아들였다. 그리고 대전에서 난리가 난 다음 날, 열아홉 앳된 나이의 유연청이 태상호법과 함께 패천마궁을 찾았다.

논의 끝에 두 명의 후보를 배출한 적룡무가가 녹림의 도전을 받아주기로 했고 황산척이 유연청의 상대로 낙점되었다.

황산척이 무난히 승리를 거둘 것이라는 예측이 깨진 것은 단 한 번의 공방이 끝났을 때였고, 삼십 합도 되지 않아 한 팔을 잃고 패배를 자인하면서 패천마궁은 발칵 뒤집히고 말았다.

지금껏 발가락의 때만큼도 취급하지 않았던 녹림에게 화평연의 한 자리를 빼앗기게 된 패천마궁의 무인들은 자존심에 큰 상처를 입었다.

다시 그 자격을 빼앗아 오기 위해 몇 명이나 유연청에게 도전을 했다. 하지만 이미 대표로 뽑힌 이들 중에서 황산척보다 강하다고 할 수 있는 사람도 몇 되지 않은 상황에서 유연청을 이길 인물이 존재할 리가 만무했다. 그나마 가능성이 있던 몇몇 인물이 풍월에게 철저하게 박살 나 반병신이 된 것도 큰 영향을 끼쳤다.

결국 치열한 견제를 이겨낸 유연청이 화평연의 대표로 인정받게 되었으니 정확히 사흘 전, 그가 패천마궁에 도착한 지 닷새가 지난 시점이었다.

제법 긴 시간을 걸어 일행의 걸음이 멈춘 곳은 패천마궁의 북쪽에 위치한 모란봉의 절벽 아래였다.

'여기 장난 아닌데.'

풍월은 눈에 띄지는 않았지만 주변을 지키는 이들이 꽤나 많으며 그들 개개인의 실력이 상당하다는 것을 느낄 수 있었다.

자신들을 절벽 아래로 이끈 모일연이 몇 번이나 줄을 이탈하지 말라고 경고를 한 걸 보면 이름 모를 기문진도 곳곳에 펼쳐져 있는 것 같았다.

풍월이 자신도 모르게 몸을 떨었다.

지난 날, 운무쇄금미혼진에 갇혀 고생을 했던 것을 떠올린 것이다.

절벽 바로 아래에서 걸음을 멈춘 모일연이 조용히 외쳤다.

"주목!"

모두의 시선이 자신에게 향하는 것을 확인한 모일연이 절벽을 가리키며 말했다.

"이곳이 바로 패천지동(覇天之洞)이다."

패천지동이라는 말에 곳곳에서 탄성을 내뱉었다.

"패, 패천지동!"

"아!"

"드디어!"

너나 할 것 없이 잔뜩 기대를 하며 모일연의 다음 말을 기다렸다.

유연청마저 흥분해 어쩔 줄 모르는 상황에서 별다른 반응이 없는 것은 풍월뿐이었다.

"왜들 이리 난리야?"

풍월이 천종의 옆구리를 쿡 찌르며 물었다.

"몰라?"

"모르니까 묻지."

"걔도 아는데?"

천종이 뚫어져라 절벽을 바라보는 유연청을 가리키자 풍월이 인상을 팍 구겼다.

"알았다, 알았으니까 인상 펴라. 무섭다."

엄살을 떤 천종이 빠르게 입을 열었다.

"패천마궁의 전신이 천마성이라는 건 알지?"

"그래."

"패천지동은 천마성이 세워지기 전부터 시작해서 천마성, 그리고 패천마궁까지 이어져 내려온 곳이다. 옛날엔 천마비고(天魔秘庫)라 불리었는데……."

"어, 잠깐!"

풍월이 천종의 말을 잘랐다.

"천마비고라고?"

"그, 그래."

"됐다. 천마비고라면 예전에 할아버지께 들었으니까. 근데 천마비고가 언제부터 패천지동으로 변한 거냐?"

"그, 글쎄."

천종이 고개를 갸웃거리자 엉뚱한 곳에서 대답이 들려왔다.

"당대의 궁주께서 바꾸신 것이다."

모일연이 못마땅한 얼굴로 그들을 바라보다 말을 이었다.

"언제까지 떠들 거지?"

"죄송합니다."

천종과 풍월이 동시에 고개를 숙였다.

그들을 다시금 노려본 모일연이 좌중을 둘러보며 말했다.

"다들 알겠지만 패천지동은 본궁이 지금껏 얻은 모든 보물들을 보관하는 곳이다. 물론 그 보물의 가치는 개인마다 다르다. 누구에겐 더없이 중요한 것일 수도 있고 누구에겐 전혀 쓸모없는 것일 수도 있다. 하니 선택에 신중을 기해야 할 것이다."

"구체적으로 어떤 보물이 있는지 알 수 있습니까?"

유연청이 물었다.

모일연의 얼굴이 살짝 굳었다.

대부분의 동료들에게서 경멸 어린 눈빛을 느낀 유연청이 쓴웃음을 지으며 입을 다물었다.

"들어가 보면 안다."

차갑게 대꾸한 모일연이 쓸데없이 말을 끊지 말라는 듯 잠시 노려보곤 설명을 이어갔다.

"패천지동에서 머물 수 있는 시간은 단 하루다. 안에 있는 모든 보물을 살펴볼 시간으론 턱없이 부족하다는 것을 알지만 어차피 진정한 보물은 인연이 있는 자들만 얻을 수 있는 것. 명심하고 잘 선택하도록 해라."

설명을 마친 모일연이 손뼉을 쳤다.

묘한 진동과 함께 눈앞의 광경이 확 변했다.

그저 절벽뿐이라 여긴 곳에 어느새 조그만 전각 하나가 모습을 드러냈다.

전각 뒤로 커다란 동굴이 뚫려 있었는데 얼마나 깊은지 그 끝이 보이질 않았다.

"자, 모두 들어가라."

모일연의 외침에 행여나 뒤처질까 저마다 서둘러 동굴로 들어갔다.

"행여나 동굴 벽을 만지거나 하는 행동은 하지 마라. 어떤 일이 벌어질지는 상상에 맡기겠지만 확실한 것은 반드시 죽는다는 것이다."

모일연의 말이 끝나기가 무섭게 벽 쪽에 근접해 있던 자들이 기겁하며 중앙으로 몰려들었다.

"행운을 빈다."

모일연의 외침과 함께 열렸던 패천지동의 문이 닫혔다.

입구 역할을 했던 전각도 사라지고 남은 것은 깎아지른 듯

한 절벽뿐. 하지만 그건 밖에서 보는 이들의 광경이었고 동굴 안에 들어가 있는 이들은 천천히 몸을 돌리는 모일연의 모습을 똑똑히 확인할 수 있었다.

"저것들 때문에 그런지 그렇게 어둡지는 않네."

풍월의 곁으로 다가온 천종이 동굴 벽 곳곳에 박혀 있는 야광주를 가리키며 말했다.

"그러게, 저거 꽤 탐나는데. 어이, 안 그래?"

풍월이 홀로 떨어져 걷고 있는 유연청에게 물었다.

"예?"

유연청은 설마하니 풍월이 자신에게 말을 걸을 줄은 생각하지 못한 듯 꽤나 당황하는 모습이었다.

"저거 탐난다고."

"아, 예. 그러네요."

"대답이 왜 그 모양이야. 죄 졌어?"

풍월이 유연청의 어깨에 팔을 두르며 물었다.

"아, 아니요. 안 졌습니다!"

유연청이 당황하여 고개를 흔들었다.

눈을 동그랗게 뜨고 놀라는 모습에 괜히 미안해졌다.

"그냥 농담이야. 조금 울적해 보이는 것 같아서."

"아, 전 괜찮습니다."

유연청이 어깨에 두른 팔을 슬며시 밀어내며 말했다.

"저것들 신경 쓰지 마라. 그냥 질투하는 거다. 딱 봐도 너보다 강한 놈은 저 두 놈 하고 저년… 커흠, 저 애뿐이니까."

천종은 풍월이 가리키는 사람에 자신이 없다는 것에 실망을 하면서도 호기심을 이기지 못하고 손가락을 따라 시선을 움직였다.

'엽무강과 묵인도.'

천종은 풍월이 가리킨 사람이 수라검문의 엽무강과 흑룡묵가의 묵인도라는 것을 확인하곤 고개를 끄덕였다.

풍월을 제외하고 그 둘이 객관적으로 가장 강하다고 다들 인정하고 있었기 때문이다.

'그리고 여운교.'

여운교를 바라보는 천종의 눈엔 은은한 두려움이 깔려 있었다. 실력은 앞선 두 사람에 비해 다소 부족할지 몰라도 가장 피하고 싶은 상대를 말하라면 열이면 열 모두가 그녀를 택할 것이다.

숨 쉬는 것까지 독이라는 만독방 출신인 그녀를 단순히 무공 실력으로 평가한다는 건 절대적으로 무리였으니까.

그런데 풍월의 말은 다 끝난 것이 아니었다.

"그리고 이놈도. 실실 웃고 있는 것이 영 별 볼 일 없는 것 같지만 감추고 있는 실력은 저 둘에 비해서도 크게 부족하지 않을걸."

풍월이 자신을 언급하자 천종의 입이 옆으로 확 째졌다.

"흐흐흐. 날 그렇게까지 생각해 주다니 영광이다."

"뭐냐, 그 등신 같은 웃음은?"

천종에게 핀잔을 던진 풍월이 어느새 조금 옆으로 떨어져 걷고 있던 유연청에게 다가가 재차 팔을 걸쳤다.

유연청은 움찔하는 듯했으나 굳이 팔을 밀치거나 하지는 않았다.

"방금 말은 못 들은 것으로 해라. 아무리 생각해도 잰 아니다."

"예."

농을 곧이곧대로 알아듣는 유연청의 모습에 피식 웃은 풍월은 주변이 갑자기 환해지는 것을 느끼며 소리쳤다.

"도착한 모양이다."

동굴은 내부의 큰 광장으로 연결되어 있었다.

광장의 천장은 뻥 뚫려 있어 밝은 햇살이 고스란히 광장 안을 비췄다.

광장을 중심으로 십여 개의 동굴이 촘촘이 형성되어 있었는데 일행이 출입구로 이용하는 동굴을 비롯하여 몇 개를 제외하고는 대다수가 인위적으로 만들어진 동굴이었다.

각 동굴이 어떤 의도로 쓰인 것인지, 어떤 보물을 모아놓은 것인지에 대한 설명은 없었다.

서둘러 동굴로 들어가는 다른 이들과는 달리 풍월은 느긋하게 주변을 둘러보았다.

"재밌는 구조네."

패천지동의 구조가 마치 원통형의 개미굴을 닮았다는 생각에 자신도 모르게 웃음이 나왔다.

"뭐 해? 안 들어가?"

천종이 발 하나를 동굴에 걸치고 허리를 뒤로 길게 뺀 상태로 물었다.

"먼저 들어가. 난 좀 더 살펴보고."

"마음대로."

천종은 미련 없이 몸을 돌렸다.

동료들이 모두 동굴로 들어간 뒤에도 홀로 광장에 남아 있던 풍월이 가장 가까이에 있던 동굴로 천천히 걸음을 옮겼다.

동굴의 내부는 생각보다 쾌적했다.

동굴 특유의 눅눅한 냄새와 습기도 전혀 없었다.

바닥에 깔려 있는 것이 대리석임을 확인했을 땐 웃음밖에 안 나왔다.

커다란 방 두 개를 합쳐놓은 것 같은 동굴 내부엔 자단목으로 만든 책장이 놓여 있었고 온갖 책들이 빼빽이 꽂혀 있었다.

"많네."

조용히 중얼거린 풍월은 자신보다 먼저 동굴에 들어선 동료를 방해하지 않기 위해 발소리를 죽여 책장으로 향했다.

손을 뻗어 아무 책이나 뽑아 들었다.

분쇄마염공(焚碎魔炎功)이란 제목이 적혀 있었다.

대충 훑어본 후, 다음 책을 뽑았다.

사령천인기(邪靈天刃氣)라 적힌 무공 서적이었는데 풍월은 사람의 혼을 어쩌고 하는 대목에서 바로 책장을 덮었다.

그 뒤로도 몇 권의 책을 더 뽑았다.

천녀소염공(天女繚踰功), 음살진기(陰煞眞氣), 멸살기공(滅殺氣功), 아수라영사심법(阿修羅靈邪心法), 묵암심법(墨暗心法) 등 온갖 제목을 지닌 무공 서적을 보며 풍월은 이들 책의 공통적인 특징을 알 수 있었다.

"내공심법을 모아둔 곳이네."

풍월은 뽑아온 책들을 원래의 자리로 돌려보냈다.

이미 자하신공과 묵천심공이라는 무림에서도 능히 열 손가락 안에 꼽힐 정도로 뛰어난 내공심법을 지니고 있던 풍월에게 또 다른 내공심법은 아무런 의미도 없는 것이었다.

풍월이 미련 없이 몸을 돌리려 할 때 그때까지 열심히 무공비급을 살피던 흑룡묵가의 묵인도도 자리를 털고 일어났다.

풍월과 묵인도의 시선이 허공에서 부딪쳤다.

흑룡묵가와 항주에서 있었던 악연이 잠시 떠올랐으나 이미 지난 과거였다.

"벌써 일어나는 것을 보니 마음에 드는 게 없는 모양이네요."

풍월이 자신에게 말을 거는 것이 의외라는 반응을 보인 묵인도가 고개를 끄덕였다.

"아직은. 설사 있다고 해도 쉽게 선택할 수 있는 것은 아니니까."

풍월은 쉽게 선택할 수 없다는 묵인도의 말에 충분히 공감했다.

"그렇긴 하지요."

대답과 함께 가볍게 고개를 숙인 풍월이 다음 동굴로 이동을 했다.

풍월의 뒷모습을 바라보는 묵인도의 눈빛은 꽤나 복잡했다. 사적으론 가문의 일을 망친 원흉이지만 화평연을 앞둔 지금, 공적으로 그 누구보다 든든한 아군이기 때문이었다.

묵인도와 헤어진 다음 들어선 동굴 역시 앞의 동굴과 똑같은 구조를 가지고 있었다.

자단목으로 만든 책장과 그곳에 꽂혀 있는 수많은 무공 서적들.

풍월은 이번에도 두서없이 책을 빼 들었다.

영풍연보(迎風連步)라는 제목을 보자마자 이번 동굴의 특징을 알 수 있었다.

확인을 위해 몇 종류의 책을 더 뽑아보았다. 예상한 대로였다.

책장에 있는 무공 서적들이 경공법과 연관이 있다는 것을 확인한 풍월은 내공심법을 보았을 때와는 달리 빠르면서도 신중히 서적의 내용을 살폈다.

매화보와 섬환보, 천섬비 등을 익히고 그것들을 바탕으로 뇌운보라는 절세의 보법까지 만들어낸 풍월은 무공 서적의 일부분만 살펴보는 것으로도 그 책이 지닌 가치를 알 수 있었다.

그렇게 해서 선택한 무공 서적이 총 세 권이었다.

유령기환보(幽靈奇幻步)와 귀둔십팔보(鬼遁十八步)는 이미 백여 년 전에 멸문한 문파의 절기였고 환허미리보(幻虛迷離步)는 보법 하나로 일세를 풍미했던 웅풍만리객 이연종의 독문절기였다.

풍월은 세 권의 무공 서적을 들고 중앙에 위치한 책상으로 이동했다.

앞선 동굴과 마찬가지로 선객이 있었다.

대략 삼사십 권이 넘는 무공 서적을 쌓아놓고 무서울 정도로 집중하고 있는 사람은 동료 중 가장 연장자인 혈검문의 용악군이었다.

그와 마주 앉아 책을 펼친 풍월, 세 권의 책을 모두 살펴보고 마지막 책장을 덮었을 땐 이미 한 시진이란 시간이 훌쩍 지난 시점이었다.

'셋 모두 좋은 보법이지만 특히 환허미리보는 대단하네. 예측하기 힘든 변화와 속도감을 따지자면 매화보와 섬환보를 능가할 정도다. 심지어 어떤 면에선 뇌운보보다도 위다.'

환허미리보의 신묘함에 감탄을 금치 못한 풍월이 다시 한 번 책장을 넘겼다. 조금 전보다 더욱 집중하는 모습에 마주하고 있는 용악군은 물론이고 새롭게 동굴을 방문한 자들 모두 극도로 조심하는 듯했다.

풍월은 지금 거의 무아지경에 빠져 있었다.

책장을 넘길 때마다 환허미리보의 묘리가 그림처럼 펼쳐졌다. 직접 몸을 움직이고 있지는 않지만 상상 속의 그는 이미 웅풍만리객을 대신하고 있었다.

벌떡 일어난 풍월이 갑자기 동굴 밖으로 뛰쳐나갔다.

깜짝 놀란 용악군과 한쪽 구석에서 조용히 책장을 들추던 잠영루의 연리승이 풍월을 따라 동굴 밖으로 나왔다.

좁아터진 동굴에서 뛰쳐나온 풍월은 상대적으로 넓은 광장에서 미친 듯이 움직이고 있었다.

처음엔 매화보였다. 그리고 이내 섬환보로 바뀌고 용악군과 연리승이 뒤따라 나왔을 땐 뇌운보였다. 갑작스러운 소란에 각 동굴에 있던 자들이 광장으로 몰려들었을 땐 풍월은 이전과 확연히 다른 움직임을 보여주고 있었다.

앞선 보법과는 달리 어딘지 어색하고 약간은 서툰 듯한 움직이었다. 하지만 점점 시간이 흐르고 풍월이 광장을 십여 바퀴를 돌 때쯤 그들 모두는 그 옛날, 환허미리보 하나로 뭇 고수들을 농락했던 웅풍만리객의 현신을 목도하게 되었다.

"하하하하하!"

풍월의 광소가 광장을, 그를 지켜보는 이들의 마음을 뒤흔들었다.

"진짜 대단한 놈이긴 하다."

풍월과 누구보다 사이가 좋지 않은 적룡무가의 황웅이 어처구니가 없다는 얼굴로 풍월을 바라보았다.

"그리고 재수 없기도 하지."

남천밀가의 몽연화가 입술을 꼬옥 깨물며 몸을 홱 돌렸다.

자신들은 어떤 것을 취해야 할지 제대로 파악도 하지 못하는 와중에 새로운 보법을 얻고 저리 날뛰는 것이 그렇게 분할 수가 없었다.

몽연화가 몸을 돌리자 광장으로 뛰어나온 모든 이들이 처음의 자리로 돌아갔다.

그들 모두가 사라진 뒤에도 환허미리보를 보다 완숙한 경지로 끌어 올리기 위해 수십 번이나 더 광장을 돈 풍월이 땀이 범벅이 된 채 동굴로 돌아왔다.

연리승이 떠났는지 동굴엔 용악군만이 남아 있었다.

풍월이 책상에 던져 놓았던 무공 서적을 원래 있던 자리에 되돌려 놓고는 미련 없이 몸을 돌리려 할 때였다.

"저기……."

용악군이 조심히 그를 불렀다.

풍월이 용악군을 향해 고개를 돌렸다.

"미안합니다. 내가 방해를 했나 보네요."

풍월의 말에 용악군이 손사래를 쳤다.

"아, 아니. 그건 아니고……."

잠시 망설이던 용악군이 결심했다는 듯 단단한 눈빛으로 입을 열었다.

"혹시 도움을 좀 받을 수 있을까?"

"도움이요?"

의외의 요청에 풍월이 고개를 갸웃거렸다.

"삼첨혈홍검(三尖血紅劍). 혹시 들어본 적 있어?"

풍월이 어깨를 으쓱이자 용악군이 쓴웃음을 지으며 말을 이었다.

"혈검문의 독문무공이자 내가 익히고 있는 무공이지. 극한의 빠름을 추구하는 검으로 궁극에 이르러선 일검에……."

"잠깐만요."

풍월이 용악군의 말을 잘랐다.

"도움이라는 것이 무공에 대한 조언을 말하는 겁니까?"

즉시 고개를 끄덕이는 용악군의 모습에 풍월은 살짝 고민을 했다.

다른 사람의 무공을 봐준다는 것은 꽤나 귀찮은 일이다. 더구나 운만 좋으면 환허미리보처럼 전혀 예상치 못한 무공을 얻을 수 있는 상황에서 시간을 낸다는 것은 결코 쉬운 일이 아니다.

하지만 지금껏 말 한마디 나눈 적이 없던 용악군이 고개를 숙여 조언을 청했는데 그냥 무시하기도 뭐했다. 게다가 이제는 함께 싸워야 할 동료가 아닌가. 크게 시간을 빼앗기지 않는 선에서 같이 고민을 해보는 것도 나쁠 것 같지는 않았다.

"말로 설명하는 것보다는 직접 보는 것이 나을 것 같은데요. 나가죠."

풍월은 용악군의 대답을 기다리지도 않고 광장으로 나섰다.

"오세요."

풍월이 용악군을 향해 손짓했다.

"오라… 니?"

"어떤 무공인지 보자고요. 적당히 상대할 생각은 없으니까 최선을 다해서요."

풍월의 말을 제대로 이해한 용악군이 진심을 다해 고개를 숙였다.

"고맙다."

"시간 없어요."

풍월이 웃으며 자세를 잡자 검을 빼 든 용악군 역시 자세를 잡았다. 그러고는 곧바로 검을 휘둘렀다.

어차피 조언을 구하기 위한 대결이었기에 용악군은 내력을 배제하고 형과 식에 초점을 맞춰 검을 움직였다.

극한의 빠름을 추구한다는 그의 말답게 용악군의 검은 지독히도 빨랐다.

'뇌운보를 따라잡는 빠름이라니. 놀랍네.'

뇌운보를 이용하여 피하고 있음에도 몇 번이나 위기의 순간을 맞은 풍월은 용악군의 쾌검에 진심으로 감탄을 했다.

하지만 감탄 속에서도 아쉬운 것이 보였다. 어쩌면 그것에 대한 고민 때문에 조언을 구하려 하는 것이란 생각이 들었다.

용악군의 공격에서 완전히 벗어난 풍월이 손을 들었다.

"됐습니다. 충분해요."

'우리완 정말 차원이 다른 고수네.'

그렇게 격렬하게 움직였음에도 숨소리 하나 흩어지지 않는 풍월을 보며 용악운은 패천마궁의 수뇌들이 어째서 그렇게 풍월을 중시하는지 뼈저리게 느낄 수 있었다. 동시에 풍월이라면 자신의 고민을 해결해 줄 수도 있을 것 같다는 확신도 갖게 됐다.

"어땠어?"

"얘긴 들어가서 하죠. 보는 눈이 많네요."

풍월의 말에 흠칫 놀란 용악군이 주위를 살폈다. 언제부터인지 대부분의 동료들이 동굴 밖으로 얼굴을 뺀 채 자신들을 지켜보고 있었다.

풍월을 따라 서둘러 동굴 안으로 들어간 용악군은 풍월이 자리에 앉기도 전에 입을 열었다.

"어땠어?"

"대단하던데요. 지금껏 이렇게 빠르고 날카롭게 파고드는 검은 별로 본 적이 없어요."

풍월의 칭찬에 용악군의 표정이 잠시 밝아졌다가 이내 어두워졌다.

"하지만 아쉽죠?"

풍월이 대뜸 물었다.

"……."

"삼첨혈홍검은 빠르지만 단발성에 끝나고 말더군요. 물론 검법이 지닌 성격상 일거에 모든 힘을 폭발해야 하는 것이라 연속적으로 펼치긴 힘들지도 몰라요. 하지만 그럼에도 불구하고 공격의 범위가 극히 좁네요. 문제는 그런 단점을 보완해야 할 보법마저 너무 안정적인 움직임에 치중하고 있다는 거지요. 이래선 삼첨혈홍검이 지닌 진정한 위력을 뽑아낼 수가 없어요."

"아!"

용악군의 입에서 탄식이 터져 나왔다.

어느 정도 예상은 했지만 잠깐의 공방을 통해 풍월이 삼첨혈홍검의 약점을 제대로 지적하자 놀라지 않을 수 없었다.

"그리고 제게 원하는 건 검법이 아니라 보법에 대한 조언일 테고요?"

용악군의 입이 쩍 벌어졌다. 이쯤 되면 할 말이 없었다.

"하하하! 그렇게 놀랄 건 없어요. 보법과 경신법에 관한 무공 서적을 그렇게 쌓아놓고 보고 있는데 이 정도도 짐작하지 못하면 바보지요."

고개를 끄덕인 용악군이 기대에 찬 얼굴로 물었다.

"이미 알고 있으니 괜히 말 돌리지 않을게. 이곳에 내게, 아니, 삼첨혈홍검법에 맞는 보법이 있을까?"

"그거야 본인이 가장 잘 알지 않을까요? 아까 열심히 찾아보는 것 같던데요."

"찾아봤지. 하지만 딱히 이거다 하는 보법이 없다는 게 문제야. 기존에 익혔던 보법의 안정감을 잃지도 않으면서 삼첨혈홍검의 단점을 보안해 줄 보법이."

용악군이 갑자기 고개를 저었다.

"아니, 없는 게 아니라 내가 찾지 못하는 거겠지. 시간만 충분하다면 어떻게든지 찾을 수 있겠지만 고작 몇 권을 살펴보는데도 한나절이니. 후! 그렇다고 누구처럼 살펴본 보법의 정수를 제대로 파악하는 것도 아니고."

풍월을 바라보는 용악군의 눈빛에 부러움과 질투를 넘어 은근한 원망까지 깃들어 있었다.

"본문의 어른들도 이 약점을 극복하기 위해 많은 노력을 하셨지. 하지만 기존의 보법을 보완하는 것은 결코 쉽지 않았어. 새로운 보법을 만들어내는 건 더욱 그랬고. 말씀은 하지 않으시지만 많이들 기대하고 계실 거야. 패천지동에는 그 약점을 극복하게 해줄 보법이 틀림없이 있을 것이라 생각하실 테니까."

고개를 떨군 채 신세 한탄을 하는 용악군, 한데 언제부터인지 그를 바라보는 풍월의 입가엔 묘한 미소가 걸려 있었다.

"이건 어떨까요?"

순간, 용악군의 고개가 번개처럼 솟구쳤다.

풍월의 손엔 어느새 한 권의 무공 서적이 들려 있었다.

영풍연보(迎風連步).

풍월이 동굴에 들어와서 가장 먼저 빼 들었던 바로 그 무공 서적이었다.

"벌써 시간이 이렇게 됐나?"

광장에 선 풍월이 조금씩 어둠에서 벗어나는 하늘을 올려보며 말했다.

정오 무렵 패천지동에 들어왔다는 것을 감안했을 때 이제 패천지동에 머물 수 있는 시간은 대략 세 시진 남짓에 불과했다.

"피곤하네."

풍월이 유난히 규모가 큰 동굴을 앞에 두고 기지개를 켰다. 짧은 시간 동안 많은 것을 살펴보다 보니 정신적으로 상당히 피곤했다. 어쨌거나 모든 동굴을 거쳐 이제 마지막 하나만 남겨두고 있었다.

"여기가 마지막인가?"

무기고(武器庫).

패천지동에서 유일하게 따로 이름이 붙은 동굴이었다.

심호흡을 한 풍월이 걸음을 내디딜 때 때마침 동굴에서 나오는 사람이 있었다.

적룡무가의 황웅, 상대의 얼굴을 확인한 풍월의 입가에 조소가 지어졌다.

무기고에서 마음에 꼭 드는 칼을 얻고 함박웃음을 지으며 걸어오던 황웅이 풍월을 발견하곤 멈칫했다. 자신도 모르게 칼을 등 뒤로 감췄다.

패천지동에 든 사람은 그들이 원하는 보물, 그것이 무공 서적이든, 영단이든, 산더미처럼 쌓여 있는 보석이든, 아니면 무기고에 보관되어 있는 무기든 종류 불문하고 하나를 선택하여 취할 수 있었다.

그런데 가끔 예기치 못한 문제가 발생하기도 하는데 한 가지 물건을 놓고 여러 사람이 욕심을 부릴 때였다.

해결책은 간단하다.

패천마궁에서 무엇보다 우선시되는 것은 힘, 능력만 있으면 상대가 찾아낸 보물이라도 얼마든지 빼앗을 수 있다는 것이다.

황웅이 풍월을 보고 놀란 이유가 바로 그 때문이었다.

적룡무가처럼 철산도문 역시 칼을 사용하는 문파로서 그는 풍월이 자신이 찾아낸 칼을 욕심낼 가능성이 있다고 여겼다.

"오호라! 똥 마려운 강아지처럼 꼬리를 마는 것을 보니 뭔가 그럴듯한 물건을 찾아낸 모양이네."

풍월이 건들거리며 황웅에게 다가갔다.

"닥쳐라!"

황웅은 불같이 화를 내면서도 자신도 모르게 뒷걸음질 쳤다. 그런 황웅의 반응이 풍월의 호기심을 제대로 자극했다.

"구경이나 해보자."

"싫다."

"보자고."

풍월이 웃으며 손을 내밀었다.

황웅에겐 악마의 웃음이나 다름없었다. 그 웃음이 사라졌을 때 얼마나 끔찍한 일이 벌어질 수 있는지 이미 대전에서 충분히 경험한 황웅은 피가 나도록 입술을 꽉 깨물곤 등 뒤에 감췄던 칼을 천천히 내밀었다.

"불만이면 언제든지……."

풍월이 뒷말을 아꼈다.

황웅은 뒤에 이어질 말이 뭔지 알고 있었다.

유혹이다. 무방비 상태인 척 꼬드겨 물건을 강탈하려는 함정. 뻔히 알고 있음에도 미치도록 함정에 빠지고 싶었다.

새롭게 얻은 칼로 웃고 있는 놈의 목을 그대로 날려 버리고 싶었다.

황웅의 의지가 전해진 것인지 칼이 살짝 떨렸다.

화들짝 놀란 황웅이 칼을 놓았다.

본능보다는 이성이 앞선 행동이 그를 살렸다.

황웅이 놓친 칼을 낚아챈 풍월이 몇 번이나 휘둘러 보더니 휘파람을 불었다.

"휘유~ 멋진 칼이네. 무게도 그렇고 균형도 제대로 잡혀 있고.”

제법 탐이 나는 물건이다. 하지만 그뿐이었다.

애당초 풍월은 남이 선택한 물건을 빼앗을 정도로 욕심 많은 인간은 아니다. 그저 장난을 치고 싶었을 뿐.

“제대로 골랐네. 멋진 칼이야.”

풍월은 황웅에게 칼을 건네고 그대로 무기고로 향했다.

풍월의 감탄을 들으며 자신이 힘들게 찾아낸 칼을 빼앗길 것이라 낙담하고 있던 황웅, 자신의 손으로 되돌아온 칼을 보면서도 표정은 과히 좋지 않았다.

황웅이 자신을 농락하고 사라진 풍월을 향해 고개를 돌렸다.

‘두고 봐라. 언제고 이 빚은 꼭 갚아준다.’

이를 부득 가는 황웅의 눈빛이 야차처럼 번득였다.

무기고는 확실히 넓었다. 지금껏 지나온 동굴의 크기보다 거의 세 배 이상 넓고 깊었다. 그 넓은 공간에 수많은 무기가 산더미처럼 쌓여 있었다. 물론 거치대에 제대로 거치되어 있는 것도 있었지만 전체 규모에 비해 삼 할에도 채 미치지 못했다.

“늦었군.”

누군가 풍월의 어깨를 툭 쳤다. 용악군이었다.

"이곳저곳 돌아보느라고 그랬지요. 한데 용 형이야말로 여기는 무슨 일입니까? 혹시 제가 골라준 무공 서적이 마음에 들지 않거나……."

"아니, 그건 아니야."

용악군이 가슴을 가볍게 쓰다듬으며 말했다.

"난 이곳에서 더할 수 없는 보물을 얻었어. 화평연이 코앞에 다가온 지금 당장 내가 쓰기는 버겁겠지만 우리 혈검문은 자네 덕에 얻은 영풍영보를 바탕으로 더욱 강성해질 걸세."

"마음에 든다니 다행이네요."

"그나저나 대단하지 않아? 지금이 아니면 언제 또 이런 곳을 구경할까 해서 와봤는데 엄청나. 그런데 솔직히 너무 많군. 이곳에서 옥석을 가리자면 꽤나 고생할 것 같은데. 언뜻 보니까 쓸모없는 것들도 많이 모아놨어."

"찾아봐야죠. 저 친구들처럼."

풍월이 자신에게 맞는 무기를 찾기 위해 온갖 무기를 들었다 놨다 하는 이들을 가리키며 웃었다.

각자 따로 움직였기에 한두 사람 얼굴을 보기 힘들었는데 패천지동을 나갈 때가 되어서 그런지 다들 무기고로 모인 것 같았다.

"용 형처럼 단순히 구경을 하기 위한 녀석도 있고요."

풍월의 시선이 장식품처럼 생긴 철접(鐵蝶)을 들고 요리조리 살피는 여인을 턱짓으로 가리켰다. 그녀가 만독방의 여운교임을 확인한 용악군이 새삼스럽다는 얼굴로 풍월을 바라보았다.

패천마궁을 대표하기 위해 뽑힌 열 명의 기재들 중 세 명은 무리와 섞이지 못하고 철저하게 배척을 받았다.

아예 다른 존재처럼 여겨지는 풍월과 지금도 함께 어울리는 것 자체가 모욕이라 심심찮게 얘기가 나오는 녹림의 유연청은 그렇다 쳐도 여운교 또한 다른 의미에서 배척, 정확히는 함께 교류를 하지 못했다. 성격 자체가 워낙 날카롭고 경계심이 많기도 했지만 무엇보다 독이 주는 특별한 공포 때문에 아예 접근조차 하지 않는 것이었다.

한데 풍월의 말투에서 자신처럼 그녀와 어떤 교류가 있는 듯한 느낌을 받았다.

'어쩌면 저 친구니까 가능할 수도.'

용악군이 여운교를 향해 다가가는 풍월을 보며 실소를 지었다.

"가지고도 못 갈 건데 뭘 그리 살펴?"

곁눈질로 목소리의 주인이 풍월임을 확인한 여운교가 철접을 머리에 살포시 꽂으며 물었다.

"이거 너무 예쁘지 않아요?"

"예쁜 건 모르겠는데 무섭긴 하다."

"무섭다고요?"

여운교가 수정처럼 맑은 눈동자로 쏘아보았다.

"내가 일전에 당가의 무인이 그것과 비슷한 암기를 지닌 걸 봤거든. 이런 곳에 있는 물건이 단순한 장식품일 리는 없잖아."

"눈치는 빠르네요."

배시시 웃은 여운교가 철접을 빼더니 중심부를 살짝 누르며 풍월을 향해 날렸다.

양 날개에서 섬뜩한 날이 빠져나온 철접이 맹렬한 회전을 하며 풍월에게 짓쳐들었다.

"이런 장난은 사양인데."

날아오는 철접을 낚아채며 인상을 구겼다.

"오라버니니까 하는 거예요. 저것들한테 사용하면 별것도 아닌 일에 죽자고 덤빌 테니까."

여운교가 검 끝이 양쪽으로 갈라진 검과 날의 넓이가 손바닥보다 훨씬 넓은 칼을 진지하게 살피고 있는 연리승과 천종을 가리키며 코웃음을 쳤다.

"그런데 그걸로 확실하게 결정한 거야? 독공이나 그 비슷한 것을 조금 더 찾아봐야 하는 거 아냐?"

"그다지요. 내가 원했으니까. 그리고 오라버니가 어련히 잘 알아서 구해줬을까."

여운교가 봉긋하게 솟은 가슴을 양팔로 안으며 대답했다.

용악군과 거의 똑같은 행동이었지만 전해지는 느낌은 사뭇 달랐다.

풍월이 그녀를 만난 것은 용악군과 헤어지고 온갖 잡서를 모아놓은 동굴에서였다.

용악군이 풍월의 도움을 받는 모습을 똑똑히 지켜본 여운교는 그가 동굴에 들어서자마자 기다렸다는 듯 미리 찾아놓은 열 권의 무공 서적을 쫙 펼쳐놓고 자신에게 필요한 암기술을 찾아달라고 요청했다.

풍월이 몇 번이나 거절했음에도 여운교는 물러서지 않았다. 끈질기게 매달리며 협박 아닌 협박을 하고 평소 그녀를 생각했을 때 상상도 할 수 없는 애교 공세까지 펼쳐 결국 풍월을 무릎 꿇리는 데 성공을 했다.

물론 그뿐만 아니라 만독방에서 만든 해독제와 난혼단을 몇 번이나 요긴하게 썼던 기억을 가지고 있던 것도 부탁을 들어주게 된 이유 중 하나였다.

다행인지 그녀를 위한 암기술을 선택하는 것은 그리 어렵지 않았다. 여운교가 찾아놓은 열 권의 무공 서적 중에 풍월이 알고 있는 무공이 있었기 때문이다.

천수나찰(千手羅刹)의 사화유성비(死花流星飛).

천수나찰이란 별호를 지닌 하부용은 그 옛날, 마존 이백기를 모셨던 패천마궁의 장로였다.

그녀의 암기술은 당시 패천마궁과 치열한 싸움을 펼치고 있던 정무련의 무인들에겐 그야말로 악몽과도 같았는데 그녀의 암기술에 당가의 가주가 치명상을 입고 쓰러진 것은 무림에 전설처럼 내려오는 일화였다.

하지만 세월이 흘러 지금은 별다른 가문이나 세력 없이 그저 패천마궁과 궁주에게만 충성을 바쳤던 그녀의 이름을 아는 사람은 많지 않았다. 풍월도 할아버지들로부터 당가의 암기술에 대해 설명을 듣다가 우연찮게 그녀의 존재를 알게 된 것이었다.

여운교는 당가의 가주를 쓰러뜨렸던 암기술이라는 설명에 비명까지 질러가며 좋아했다.

만독방과 당가는 무림에서도 인정하는 숙적이다. 다만 전체적인 평가에서 당가가 조금 더 좋은 평가를 받았는데 그 이유는 독과 암기술을 크게 발전시킨 당가에 비해 만독방은 오로지 독과 그 독을 이용한 무공에만 전력을 쏟았기 때문이다.

애당초 여운교가 집안 어른들이 시키는 대로 독공을 보다 발전시킬 수 있는 무공 서적을 찾지 않고 엉뚱하게 암기술을 고집한 것도 바로 그런 이유 때문이었다.

"뭐, 마음대로 하고. 이제 방해는 그만. 나도 필요한 걸 찾아봐야 하니까."

풍월의 말에 여운교가 눈을 동그랗게 뜨고 물었다.

"어? 그 책 선택한 것 아니었어요?"

"뭐? 아, 그거."

풍월은 여운교와 함께 있던 동굴에서 과거 마도에서 배출한 최고의 천재라 손꼽히는 귀곡자의 만상총서(萬象叢書)를 찾아냈다.

천문, 지리에서부터 하도낙서(河圖洛書—옛날 중국에서 예언(豫言)이나 수리(數理)의 기본이 된 책)까지 온갖 방대한 지식을 정리해 놓은 책이었는데 무엇보다 풍월의 시선을 잡아 끈 것은 기문진에 대한 자세한 설명이 있었다는 것이다.

운무쇄금미혼진에 갇혔던 아픈 기억 때문인지 이상하게 마음이 끌렸지만 일단 보류를 했다.

기문진에 대해 연구하고 공부하는 것도 중요했지만 화평연을 앞둔 지금 당장 쓸 만한 무기를 얻는 것도 무척이나 중요한 일이기 때문이었다.

그래도 미련이 남는 것은 어쩔 수 없는지 만상총서를 떠올리는 풍월의 얼굴엔 아쉬움이 가득했다.

"묻잖아요, 선택한 거 아니냐고?"

"아직 몰라. 일단 무기 좀 찾아보고."

귀찮다는 듯 손짓을 한 풍월이 본격적으로 무기고 탐사에 나섰다.

풍월은 우선적으로 거치대에 거치되어 있는 무기를 살폈다. 전체 규모의 삼 할 정도에 불과했지만 거치대에 걸려 있다는 것은 그만큼 관리할 가치가 있는 무기라는 의미였으니까.

가장 먼저 그의 시선을 사로잡은 것은 검집이 마치 용의 비늘처럼 반짝거리고 있는 화린보검(華鱗寶劍)이었다. 혹시나 검에 대한 설명이 있을까 좀 더 살펴보았으나 이름뿐이었다.

검을 빼 들자 푸르스름한 예기를 뿜어내는 검신이 모습을 드러냈다. 오랫동안 무기고에 방치되었던 무기답지 않게 날이 제대로 벼려져 있었다.

"아무래도 이쪽 무기들은 관리를 하는 모양이네."

"아니, 그건 아니야, 오라버니."

풍월이 어떤 무기를 고르는지 궁금했던 여운교가 슬며시 얼굴을 들이밀며 말했다.

"집안 어른들이 그러는데 다른 동굴에 있는 무공 서적과는 달리 딱히 관리는 하지 않는다고 하더라고요. 처음 이곳에 보관할 때를 빼놓고."

"그래? 그렇다면 더 대단하잖아. 관리도 안 한 검이 이 정도 예리함을 계속 유지한다는 말이니까."

"그럼 그걸로 할 거예요?"

여운교의 물음에 풍월이 고개를 저었다.

"아니, 아직 시간도 남았는데 천천히 살펴봐야지. 그리고 이

건 너무 가볍다는 느낌이 든단 말이지."

화린보검을 몇 차례 휘둘러 본 풍월이 원래의 자리로 돌려 놓았다.

"그럼 저건 어때요? 아까 보니까 다들 한 번씩은 살펴보던데."

풍월은 여운교가 가리키는 검을 들었다.

검을 집는 순간부터 뭔가 찌릿한 느낌이 왔다. 무게도 적당했고 손잡이를 통해 전해지는 감촉도 좋았다. 하지만 검집에서 검신이 드러나는 순간, 밝았던 풍월의 안색이 제대로 일그러졌다.

그건 살기였다. 고작 한 뼘밖에 드러나지 않았음에도 숨이 턱턱 막힐 정도로 가공할 살기.

'도대체 뭐야? 어떻게 검에서 이런 살기가 뿜어져 나올 수가 있는 거지?'

풍월은 자신도 모르게 검이 자리했던 곳으로 시선을 돌렸다.

살왕지검(殺王之劍).

검의 이름을 확인하자 살기의 정체를 바로 이해할 수 있었다.

비록 형웅에게 꺾였지만 당대 최고의 살수는 누가 뭐라 해도 혈우야괴였다. 그런 혈우야괴를 키워낸 사람이 바로 살왕

단소였는데 그는 오십여 년 전, 패천마궁의 궁주를 암살하다 실패하여 결국 목숨을 잃었다.

나중에 혈우야괴를 통해 밝혀진 것이지만 살왕은 딱히 누구에게 청부를 받은 것이 아니라 자신이 최고임을 입증하기 위해 패천마궁 궁주의 암살을 시도했다. 결과적으로 암살은 실패를 했고 살왕은 목숨을, 그와 평생의 살업을 함께한 살왕지검은 주인을 잃고 패천지동의 무기고에 처박히게 된 것이다.

"엄청난 살기네. 이래서 다들 오라버니와 같은 표정으로 검을 내려놓았던 거구나."

여운교가 미간을 찌푸리며 한 걸음 물러났다.

"처음부터 이런 기운을 품고 있지는 않았을 거야. 살왕이란 주인을 만나고 오랜 시간 동안 사람의 목숨을 빼앗으며 자연스레 이런 기운을 품게 된 것이겠지. 이건 그쪽 세계 사람이 아니면 감당하지 못할 것 같다."

검을 내려놓던 풍월은 문득 형응을 떠올렸다. 왠지 둘이 잘 어울린다는 느낌이 들었다.

살왕지검 이후에도 눈에 띄는 검은 많았다. 하지만 결정적으로 풍월의 마음을 빼앗은 검은 존재하지 않았다.

검뿐만 아니라 도도 마찬가지였다.

검보다 숫자는 상대적으로 적었으나 오히려 명품이라 불릴 수 있는 것들은 도가 더 많았다. 특히 과거 정무련과의 싸움을 벌이면서 전리품으로 취한 곤령신도(昆靈神刀), 주작신도(朱雀神刀), 옥룡도(玉龍刀) 등은 지금 당장에라도 무림을 발칵 뒤집어 놓을 수 있을 만큼 대단한 무기들이었다.

그런데도 풍월은 어느 것 하나를 선택하지 못했다. 그 도들을 들고 직접 풍뢰도법을 사용해 보면서 내린 결론이었다.

"아, 미치겠네."

풍월이 손에 든 혈영신도(血靈神刀)를 거칠게 내려놓으며 답답함을 참지 못하고 머리를 북북 긁었다.

"왜요? 그것도 아니에요?"

이제는 따라다니며 지켜보는 것도 지겨운지 이런저런 암기를 만지작거리며 시간을 보내고 있던 여운교가 고개를 돌려 물었다.

"좀 그렇네. 휘두를 때의 감촉은 정말 좋은데 정작 내력을 움직이면 뭔가가 자꾸 부딪친다는 느낌이랄까."

"그렇게 까탈스럽게 찾다간 아무것도 얻지 못할걸요. 이제 시간도 얼마 남지 않은 것 같은데 적당히 타협해요. 다들 그렇게 했으니까."

여운교가 한쪽에 모여 있는 동료들을 가리키며 말했다.

무기고에는 어느새 패천지동에 들어온 모든 이들이 모여 있었다. 심지어 풍월에게 무기를 빼앗길까 전전긍긍했던 황웅까지도 흥미로운 눈빛으로 풍월을 바라보고 있었다. 그들은 과연 풍월이 어떤 무기를 고를 것인지, 그리고 그 고른 무기가 자신들이 선택한 것과 비교해 어떨지 무척이나 궁금해하는 얼굴이었다.

풍월을 제외한 아홉 명의 동료 중 영풍연보를 얻은 용악군, 천수나찰 하부용의 사화유성비를 선택한 여운교, 과거 일세를 풍미한 풍마(風魔)의 구천기환술(九天奇幻術)을 보자마자 바로 결정을 내린 몽연화를 제외하고 나머지 육인은 무기고에서 각자 자신들의 무공과 특성에 맞는 무기를 선택했다.

"이쪽에서 마음에 드는 게 없으면 저기서 찾아보는 것도 하나의 방법이야."

용악군이 종류별 구분도 없이 마구 뒤섞여 있는 무기들을 가리키며 말했다.

"저 친구도 이쪽에서 찾았어."

용악군이 빙백신환(氷白神環)이라는 희대의 암기를 찾아낸 연리승을 가리키며 말했다.

용악군을 따라 풍월이 자신을 응시하자 연리승이 승자의 미소를 지으며 손목에 찬 팔찌를 흔들어 보였다. 승자의 미소를 보일 만큼 그가 얻은 빙백신환은 대단한 암기였다. 혹자는 능히 무림의 십대 암기에 버금갈 정도라고 추켜세울 정도였다.

"운이 좋네요. 과연 그런 운이 제게도 올지 모르겠지만."

씁쓸히 웃은 풍월이 기운 빠진 모습으로 무기들을 살피기 시작했다. 확실히 거치대에 놓여 있던 무기들과 비교해 전체적으로 수준이 떨어졌다. 간혹 자신의 존재감을 드러내는 것들이 있기는 했지만 그렇다고 앞서 살펴본 무기들과 비슷한 정도의 수준일 뿐 그 이상은 아니었다.

풍월의 한숨은 시간이 갈수록 더해졌고 보다 못한 여운교와 용악군까지 나서서 함께 무기고를 뒤졌고 녹림의 유연청도 슬그머니 팔을 걷고 나섰다.

"이건 어때요?"

유연청이 도신 곳곳에 녹이 슨 도 하나를 집어 들며 물었다.

"뭐야? 녹이 잔뜩 슬었잖아. 이리 줘봐."

옆에 있던 여운교가 눈살을 찌푸리며 손을 내밀었다.

유연청이 도를 건네자 이리저리 휘둘러 보더니 영 마음에 들지 않는다는 듯 고개를 저었다.

"무겁긴 왜 이렇게 무거워. 그리고 너무 크지 않아?"

"그건 네가 걱정할 게 아니고."

어느새 곁으로 다가온 풍월이 핀잔을 주며 칼을 빼앗았다.

순간, 풍월의 표정이 확 변했다.

휘둥그레진 눈으로 손에 들린 묵도를 바라보았다.

묵도를 든 손이 은은히 떨렸다. 놀라운 것은 그 떨림이 풍월의 의지가 아니라는 것이다.

풍월은 말 못 할 흥분과 긴장감 속에 묵도를 찬찬히 살폈다.

도신 맨 아래에 '묵뢰(墨雷)' 라는 글이 새겨져 있었다.

'이름도 멋지고!'

풍월이 기대감 가득한 얼굴로 묵뢰를 움직였다.

여운교 말대로 묵뢰는 지나치게 묵직하다 싶을 정도로 무게감이 느껴졌고 일반적인 도보다 한 뼘 정도는 더 길었지만 전혀 문제가 되지 않았다.

풍월이 묵천심공의 힘을 묵뢰에 담았다. 그러자 놀라운 일이 벌어졌다.

우우우웅!

웅장한 도명과 함께 도신 곳곳을 잠식하고 있던 녹이 흔적도 없이 사라지며 눈이 부실 정도의 빛이 뿜어져 나왔다.

야광주와 횃불을 이용하여 어둠을 밝히고는 있다고 해도 전체적으로 어두운 기운이 가득했던 무기고가 일순 환해질 정도의 빛이었다. 물론 그 빛은 금세 사그라들었지만 모두가 경악할 만큼 놀라운 현상이었다.

"신병은 주인을 알아본다더니 설마 그런 거야?"

용악군이 흥분을 감추지 못하고 물었다.

"정말 제대로 골랐나 봐요."

여운교도 폴짝폴짝 뛰며 자기 일처럼 기뻐했다.

"신병인지는 모르겠지만 뭔가 통하는 느낌은 있네요."

풍월이 더없이 만족한 표정을 지으며 활짝 웃었다.

"고맙다. 덕분에 찾았다."

풍월이 유연청에게 고마움을 표했다.

"아니요, 찾았다니 다행입니다."

유연청이 어색한 웃음을 흘리자 여운교가 바닥 곳곳에 떨어져 있는 녹들을 신기하게 바라보며 물었다.

"그런데 어떻게 이걸 찾은 거야? 녹슨 칼을 고르기가 쉽지는 않았을 텐데."

"글쎄요. 그게… 그냥 느낌이 왔습니다. 이상하게 시선이 그쪽으로 가더라고요. 음, 왠지 잘 어울릴 것 같다는 생각도 들었고."

유연청이 조금은 두서없는 말을 내뱉고 있을 때 무기고엔 또다시 놀라운 현상이 벌어지고 있었다.

기쁨에 겨운 풍월이 묵천심공을 끌어 올리며 재차 묵뢰를 휘두르자 무기고 전체를 뒤흔드는 울림이 있었다. 한데 그 울림이 비단 묵뢰에서만 일어나는 것이 아니었다.

그걸 가장 먼저 느낀 사람은 이번에도 유연청이었다.

고개를 갸웃거리며 울림의 진원을 찾아 이곳저곳을 들쳐 보는가 싶더니 이번에는 녹이 잔뜩 슨 검을 꺼내 들었다.

우우우웅!

세상에 모습을 드러낸 검이 더욱 크게 울었다.

"그건 또 뭐야?"

여운교가 번개처럼 다가와 물었다.

"잘 모르겠습니다."

고개를 흔든 유연청이 그때까지 정신없이 묵뢰를 움직이고 있던 풍월에게 다가갔다.

유연청이 풍월에게 다가갈수록 묵뢰와 녹슨 검이 주고받는 공명음은 무기고 전체를 뒤흔들 정도로 커졌다. 그제야 뭔가를 느낀 풍월이 움직임을 멈추자 폭발할 듯했던 공명음도 차차 잦아들었다.

"그 검은 또 뭐야?"

"잘 모르겠어요. 다만 손에 들고 있는 도의 울림에 반응을 하는 것 같아서……."

"뭐? 묵뢰에 반응을 했다고?"

풍월이 기겁하며 물었다.

"예, 아마도, 아니, 확실해요."

유연청이 녹슨 검을 건넸다.

검을 받는 풍월의 긴장된 모습이 우스운지 여운교가 웃음을 터뜨리고 용악군도 너털웃음을 흘렸다.

두 사람의 반응과는 상관없이 가만히 검을 잡았다.

두근.

가슴이 뛰었다.

뭔가가 머리부터 발끝까지 관통하는 느낌이었다.

풍월은 조금 전, 묵뢰를 잡았을 때와 같은 느낌에 전율할 수밖에 없었다.

자기도 모르게 검신의 아래를 살폈다.

녹이 슬어 있어 확인하고자 하는 것을 찾지 못했다. 혹시나 하는 마음에 자하신공을 운용하며 그 힘을 검에 실었다.

우우우웅!

청명한 검명과 함께 녹슨 검도 묵뢰처럼 녹을 털어내며 눈부신 빛을 뿜어냈다. 그리고 풍월은 검신 아래에 선명하게 드러나는 이름을 확인할 수 있었다.

묵운(墨雲).

묵운이란 이름을 확인한 풍월은 다시금 전율했다.

묵뢰와 묵운을 나란히 들고 비교를 해보았다.

길이나 무게감에서 전혀 차이가 없었다.

검신과 도신에선 은은한 자색 빛이 흘러나왔고 묵뢰와 묵운의 글씨체와 손잡이에 새겨진 무늬마저 완전히 일치했다.

묵뢰와 묵운은 도와 검이라는 차이만 있을 뿐 모든 것이 같았다.

결론은 한 가지뿐이었다.

"이거 한 쌍으로 이뤄진 무기다. 누가 만들었는지는 모르겠지만 완벽해."

용악군이 풍월이 양손에 나눠 든 묵뢰와 묵운을 보며 혀를 내둘렀다.

"자색 빛을 띠는 것이 그 귀하다는 현철은 아닌 것 같지만 현철처럼 무게감이 나가는 것을 보면 분명 좋은 철로 만들어진 것 같다. 잘됐네. 정말 좋은 검과 도를 얻은 것 같다."

용악군이 부러움 가득한 눈으로 말했다.

"축하해, 오라버니. 고생한 보람이 있네."

여운교도 진심으로 축하를 해주었다.

"이게 다 네 덕이다. 이 신세는 언제고 꼭 갚아준다."

풍월이 유연청에게 말했다.

"아니요. 그저 우연이었을 뿐입니다."

"그 우연이 내게는 더없이 큰 행운이 되었으니까."

환하게 웃은 풍월이 유연청에게 다가갈 때였다.

"그럼 뭐 해? 결국 하나는 버려야 하는데."

풍월의 걸음이 멈췄다.

일그러진 얼굴로 목소리의 주인에게 고개를 돌렸다.

풍월의 표정을 보며 흠칫 하긴 했지만 황웅은 지금의 신나는 기분을 조금은 더 이어가고 싶었다.

"잊은 건 아니겠지? 선택할 수 있는 건 오직 하나뿐이라는 것을.”

풍월이 몸이 석상처럼 굳어버렸다.

‘젠장!’

잊고 있었다.

제38장

비밀(秘密)이 풀리다

"불가하다."

모일연이 단호히 고개를 저었다.

"비록 두 개로 나뉘어는 있지만 분명 한 쌍의 무기입니다. 묵뢰와 묵운, 벌써 이름부터 형제처럼 비슷하지 않습니까? 크기나 무게까지 똑같습니다."

풍월의 말에도 모일연은 눈 하나 깜짝하지 않았다. 오히려 말도 되지 않는 사안으로 시간을 허비하게 하는 것이 무척이나 짜증 나 보이는 얼굴이었다.

"비슷한 무공, 비슷한 무기는 손에 꼽을 수 없을 정도로 많다."

"비슷한 정도가 아니라 완벽한 한 쌍입니다."

풍월이 답답함을 이기지 못하고 목소리를 높였다.

"아니, 설사 어떤 의도를 가지고 똑같은 무기를 만들었다고 해도 패천지동에서 가지고 나갈 수 있는 물건은 오직 하나뿐이다. 그것이 무공 서적이 되었든 무기가 되었든. 솔직히 난 이해가 가지 않는다. 지금 네가 지니고 있는 도와 검이 얼마나 뛰어난 것인지는 모른다. 하나, 철산마도님의 진전을 이은 철산도문의 대표라면 당연히 도를 선택해야 하는 것 아닌가. 어째서 검까지 욕심을 내는 것이지? 설마 화산검선의 무공까지 익히고 있기 때문인가?"

"그, 그건……."

풍월이 말을 얼버무리자 모일연의 얼굴이 딱딱하게 굳었다.

"그렇다면 더욱 인정할 수 없다. 화산검선의 무공을 사용하기 위해 검이 필요하다면 화산에서 얻어라."

냉정함을 넘어 분노까지 느껴지는 음성에서 풍월은 더 이상의 설득은 의미가 없다는 걸 느꼈다.

"알겠습니다. 원칙이라면 어쩔 수 없겠네요."

풍월이 손에 지닌 묵뢰와 묵운을 뒤쪽으로 던졌다.

빛살처럼 날아간 묵뢰와 묵운이 절벽 깊숙이 박혔다.

무례하기 짝이 없는 행동이지만 모일연은 풍월의 전신에서 뿜어져 나오는 살벌한 분위기에 차마 입을 열지 못했다.

패천마궁의 신기당주로서 패천지동의 원칙을 사수하기는 했지만 요 근래 패천마궁에서 가장 화제가 되고 있는 풍월의 행보를 모르지 않았다. 더 이상 그를 자극했을 때 자신이 감당키 힘든 일이 벌어질 수도 있다는 것을.

"두 개 다 포기할 필요는 없다. 검 대신 도라도……."

"아니요. 전부가 아니면 전무니까. 그리고 너."

풍월이 흥미진진한 표정으로 상황을 지켜보던 동료들 중 유독 심하게 비웃고 있는 황웅을 향해 매서운 기운을 드러냈다.

"경고하건대 내 물건에 눈독 들이지 마라. 화평연이고 지랄이고 가만두지 않을 테니까."

자신이 선택한 도를 버리고 풍월의 도를 선택하면 어떨까 잠시 잠깐 고민을 했던 황웅은 풍월의 살벌한 눈빛에 슬며시 고개를 돌렸다.

"영감님은 어디 계십니까?"

풍월이 모일연을 향해 물었다.

"영감… 님?"

모일연이 이마를 찡그리며 되물었다.

풍월이 정확히 누구를 지칭하는 것인지 이해할 수가 없었다.

"궁주님 어디 계시냐고요. 아무래도 이 일은 영감님하고 협상을 해야 해결이 될 것 같네요."

"……."

모일연은 물론이고 듣고 있던 다른 이들마저 경악한 표정으로 입을 쩍 벌리고 말았다.

천상천하 유아독존!

패천마궁에선 그야말로 하늘과 같은 궁주를 영감으로 칭할 수 있는 인물이 존재한다는 것에 대한 충격이었다.

"너, 네놈이 감히!"

모일연이 전신을 부들부들 떨며 검을 빼 들었다. 동시에 뒤쪽에서 그를 수행하던 자들 역시 분노에 찬 얼굴로 무기를 겨눴다.

모일연의 거친 반응에서 풍월은 자신의 말이 조금 심했다는 것을 인지했다.

그렇다고 사과를 하기도 싫었다. 묵뢰와 묵운의 일로 빈정이 제대로 상했기 때문이다.

"쓸데없는 일로 얼굴 붉히지 말자고요. 댁들한테는 하늘 같은 궁주님인지는 몰라도 나한테는 아니니까."

풍월의 퉁명스러운 말이 그렇잖아도 금방이라도 폭발할 듯 보였던 그들의 감정에 제대로 불을 질렀다.

"궁주님을 모욕한 죄 결코 용서할 수 없다. 죽음으로써 네

놈의 죄를 묻겠다."

말이 끝남과 동시에 모일연의 검이 풍월에게 향했다. 어느새 풍월을 포위하고 있던 그의 수하들 역시 호응하며 공격을 시작했다.

"할 수 있다면 해보든가."

차갑게 외친 풍월이 왼발을 앞으로 힘차게 내딛자 바닥이 쩍쩍 갈라지며 먼지가 피어올랐다.

단단히 하체를 고정시키고 맹렬히 허리를 회전하며 주먹을 뻗었다.

단전에서 시작된 힘이 허리의 회전을 통해 증폭되어 주먹에 실렸다.

뇌격권이 모일연 등의 공격과 부딪치려는 찰나, 싸움의 한복판으로 뛰어드는 사람이 있었다.

"멈추세요!"

목소리의 주인을 금방 눈치챈 풍월이 황급히 주먹을 거뒀다. 하지만 모일연이나 그의 수하들은 그렇게 기민하게 반응하지 못했다.

모일연의 공격이 갑자기 끼어든 사내, 은혼에게 닿으려는 찰나, 풍월이 은혼의 팔을 잡아채며 물러났다.

"모두 멈춰라."

은혼을 알아본 모일연이 재차 공격을 하려는 수하들을 멈춰 세웠다.

"너는 은혼이 아니냐?"

"묵영단 은혼이 신기당주님을 뵙습니다."

은혼이 모일연을 향해 고개를 숙였다.

"오랜만이다. 한데 어째서 싸움에 끼어든 것이냐?"

"제가 더 궁금한 일입니다. 군사님의 명을 전하기 위해 이곳에 왔습니다만 느닷없이 싸우는 소리가 들려서 놀랐습니다. 어찌 된 일이신지……."

"저놈이 감히 궁주님을 욕보였다."

모일연이 은혼의 뒤에서 한가로이 서 있는 풍월에게 검을 겨누며 말했다.

은혼이 한숨을 내쉬며 자신을 바라보자 풍월이 코웃음을 치며 말했다.

"궁주님이라 부르지 않고 영감님이라 불렀다고 저 난립니다. 누가 보면 욕한 줄 알겠네. 솔직히 안 보는 데선 나라님도 욕할 수 있는 거 아닌가. 그리고 은 형, 솔직히 내가 패천마궁 사람은 아니잖아요. 화평연에 참가한다고 뭔가 착각을 하는 것 같은데 똑똑히 전해요. 난 패천마궁 사람이 아니라고. 그러니 다시 한번 그따위 말도 안 되는 이유로 검을 겨누지 말라고요."

풍월은 모일연과 그의 수하들을 가만히 노려본 후 몸을 돌렸다. 모일연이 분기탱천하여 그를 쫓으라 명을 내리려는 찰나, 은혼이 그의 앞을 막았다.

"풍 공자를 데리고 오라는 군사님의 명입니다."

"하지만 저자는 궁주님을……."

"궁주님 앞에서도 영… 감님이라 부르는 사람입니다. 궁주님은 물론이고 오장로님들께서도 이제는 그러려니 하십니다. 하니 그냥 못 들은 척하시지요."

"오… 장로님들께서?"

모일연이 믿을 수 없다는 얼굴로 되물었다.

사소한 실수 정도는 늘 너그럽게 넘어가지만 궁주님에 관한 일에서만큼은 그 누구보다 엄격한 사람들이 바로 오장로들이기 때문이었다.

그분들 앞에서 궁주님을 영감 운운하고서도 살아남았다는 것이 도저히 믿기지 않았다.

"예, 어차피 그분들도 다 영감님 소리를 들으니까요."

은혼이 슬며시 다가와 속삭였다.

"심지어 사장로님은 할… 멈이라는 소리까지 들으셨답니다."

"마, 말도 안 돼!"

모일연의 눈이 휘둥그레졌다.

"누가 뭐라 한다고 고쳐질 일이 아닙니다. 괜히 기분만 상하실 테니 그냥 관심을 끄는 것이 좋을 것입니다."

"……."

이제는 대꾸할 기운도 없었다. 모일연의 넋 빠진 얼굴에 한숨을 내쉰 은혼이 고개를 숙였다.

"그럼 저는 이만."

모일연은 은혼이 사라지고도 한참이나 움직일 줄을 몰랐다.

*　　　　*　　　　*

독고유가 싱글벙글하며 달려오는 풍월을 보고는 혀를 찼다.

"또 사고를 쳤다지?"

"빠르네요. 그 소식이 벌써 여기까지 전해진 겁니까?"

"본궁에서 벌어지는 일을 본좌가 모를 수 있다고 생각하는 것이냐?"

독고유가 가소롭다는 듯 말했다. 풍월은 대꾸하지 않고 뒤따라오고 있는 순후에게 물었다.

"군사도 아십니까?"

"물론이네."

"지금껏 저와 함께 있지 않았습니까? 은 형도 저하고 함께 움직였고."

"자네가 도착하기 전에 패천지동에서 있었던 일이 보고되었네. 또한 곧바로 궁주님께 보고를 드렸고."

"대단하네요."

풍월은 패천마궁의 빠른 보고 체계에 감탄을 하곤 독고유의 맞은편 의자에 털썩 앉았다.

"잘됐네요. 그렇잖아도 말씀드릴 것이 있었는데."

"불가."

독고유가 말도 끝나기 전에 고개를 저었다.

"제가 무슨 말을 할 줄 알고요?"

풍월이 어이없다는 얼굴로 물었다.

"이미 보고를 받았다고 하지 않았느냐? 원칙을 깰 수는 없는 것이다. 행여나 화평연 참가를 가지고 장난칠 생각은 말아라. 그 얘긴 이미 끝났다."

"그럴 생각도, 이유도 없습니다. 남자가 한 입으로 두말할 수는 없지요."

"올바른 판단이다."

독고유가 흡족한 미소를 지었다.

"하지만 그 물건들은 제가 꼭 가져야겠습니다."

"뭣이!"

독고유의 언성이 높아졌다.

풍월의 말에 입가에 지었던 미소는 어느새 사라지고 눈빛은 싸늘해졌다.

"본좌와 장난을 하자는 것이냐?"

"장난칠 생각 없습니다."

"한데 어째서 그따위 말을 하는 것이냐? 패천지동은 본궁의 미래를 위해 특별히 선택받은 자, 혹은 큰 공을 세운 자들에게만 입동할 수 있는 영광을 준다. 고작 화평연에 출전하는 일을 가지고 패천지동에 들어갈 수 있도록 허락한 것만으로도 더할 수 없이 큰 영광이요, 혜택인 것을. 다시 말하건대 네가 가질 수 있는 것은 둘 중 하나뿐이다. 그것만으로도 충분할 터. 만약 더 큰 욕심을 부린다면 그마저도 없던 일로 하겠다."

독고유는 그 일에 관해선 다시 거론하지 말라는듯 단호히 말했다.

분위기가 너무 냉랭해진다고 여긴 순후가 슬며시 끼어들었다.

"내 잠시 조사를 해봤네. 아직 확실한 것은 아니나 일단 자네가 원하는 도와 검은 이백여 년 전의 명장(明匠) 율성이 만든 것으로 추측되네. 당대 최고의 명장으로 인정받던 율성은 이전에도 많은 명품을 만들었지. 대표적으로 뇌정신검(雷霆神劍), 월광은검(月光隱劍), 일월마도(日月魔刀) 등이 있네. 그중에서 전해지는 건 일월마도 하나뿐이네. 아, 이제 세 개로군."

"율성이라고요? 어찌 아신 겁니까? 군사께서 묵뢰와 묵운에 대해 알게 된 것은 반 시진도 안 될 텐데."

"간단하네. 일월마도가 이곳에 있거든."

순후의 시선이 왼쪽 벽으로 향했다. 자연스레 그의 시선을 따라 움직이던 풍월은 보석으로 치장된 거치대에 올려져 있는 도 하나를 볼 수 있었다.

화려한 거치대에 비해 겉모습은 볼품이 없었지만 풍월은 그 투박한 이면에서 전해지는 힘을 느낄 수 있었다.

"저것이 일월마도라고요?"

풍월이 놀라 물었다.

"맞네. 참고로 말하자면 일월마도의 이름은 묵혼(墨魂)이네. 기록에 의하면 월광은검의 이름은 묵예(墨藝)였고."

"묵혼, 묵예……."

"묵뢰와 묵운. 이해가 되나? 내가 어째서 자네가 발견한 무기가 율성이 만든 것이라 추측하는지."

"그렇군요. 말하자면 낙관(落款—그림이나 글씨에 자신의 이름, 혹은 호를 새기는 것)과 같은 것이군요."

"정확하네. 그것들이 어째서 패천지동에 잠들어 있는지는 모르겠지만, 아마도 이백여 년 전의 전란의 영향이겠지."

"설명을 들으니 더욱더 탐이나네요."

말이 끝나기가 무섭게 독고유의 패왕지기(霸王之氣)가 풍월의 전신을 압박해 왔다. 보통 사람이라면 패왕지기에 노출되는 순간 숨이 끊어질 정도로 무시무시한 힘이었지만 풍월은 그다지 힘들지 않게 버텨냈다.

"본좌는 분명히 말했다. 욕심부리지 말라고."

독고유의 눈에 살기가 일었다.

그는 풍월에게 많은 것을 허용했다.

화산검선과 철산마도의 공동 전인이라는 신분도 그랬고, 철산마도를 억지로 맡긴 것과 나아가 화평연까지 참가하게 만든 것에 대한 약간의 미안함 때문에 주변에서 기함할 정도로 편의를 봐줬다.

하지만 거기에도 분명 한계선이 있었다. 지금 풍월은 그 한계선을 넘나들고 있었다.

"거래를 하려고 합니다만."

"뭐라? 거래? 지금 거래라 했느냐?"

"예."

"마지막 경고다. 본좌를 희롱하는 것이라면 너는 물론이고 네가 아끼는 모든 것이 사라질 것이다."

풍월은 독고유의 눈에서 그 말이 결코 농담이 아니라는 것을 느낄 수 있었다. 하지만 이제 와서 돌이킬 수는 없었다. 어차피 전해야 하는 말이었고 기왕 전할 바에야 묵뢰와 묵운까지 얻을 수 있다면 금상첨화니까.

"화평연에 나가는 것으로 두 개 중 하나, 묵뢰는 얻었습니다. 인정하십니까?"

"인정한다. 하지만 나머지 하나는 아니다."

독고유가 단호히 고개를 저었다.

"나머지 하나를 놓고 거래를 하고자 합니다."

"말해봐라."

"조금 전 개방에서 저를 찾는 전령이 왔었습니다. 알고 계십니까?"

"알고 있다."

"그가 제게 전한 말도 아십니까? 군사와 함께 들었습니다만."

독고유의 시선이 순후에게 향했다.

"제가 모르는 신호를 주고받지 않았다는 전제하에 전령이 전한 말은 단 한마디였습니다. '성공했다'라는."

독고유의 시선이 풍월에게 옮겨갔다.

"'성공했다'라니 뭐를 성공했단 말이냐?"

풍월은 독고유의 물음에 금방 대답하지 않았다.

더없이 진한 미소를 지으며 한참이나 뜸을 들인 풍월이 은근한 어조로 물었다.

"천마도의 비밀, 알고 싶지 않으십니까?"

늘 뒤편에서 머물던 순후가 놀라 앞으로 다가오고, 독고유의 노안에도 큰 흔들림이 전해졌다.

"네가 지금 말한 천마도가 우리가 아는 그 천마도가 맞는 것이냐?"

"예, 맞습니다. 바로 그 천마도입니다. 천마총을 찾을 수 있는 유일한 단서를 품은."

순후가 참지 못하고 풍월의 어깨를 잡았다.

"누가 천마도의 비밀을 풀었다는 것인가? 설마 자네가 풀어낸 것인가?"

"설마요. 이곳에 와서 제가 얼마나 바삐 지냈는지 아시잖습니까? 그럴 시간도 없었고 설사 시간이 충분하다고 해도 이게 따라주질 못합니다."

풍월이 자신의 머리를 툭툭 건드리며 웃었다.

"하, 하면 다른 사람이 풀었다는 말이군."

"예."

"누군가?"

순후는 자신도 모르는 사이에 풍월의 멱살을 틀어쥐고 있었다.

풍월이 순후가 잡은 멱살을 풀며 독고유를 바라보았다.

"거래, 받아들이시겠습니까?"

"천마도의 비밀을 푼 것이 확실하다면."

독고유는 생각할 것도 없다는 듯 대답했다.

당연했다. 율성이 만든 무기가 어느 정도의 가치를 지녔는지 아직 정확히 파악은 되지 않았으나 설사 천하를 진동케 할 신병이라 해도 천마도가 품고 있는 비밀의 가치에 비할 바는 아니다.

"평소 저를 어찌 보고 계시는지는 모르나 제가 이래봬도 천마도를 가지고 장난을 칠 만큼 담대하진 못합니다."

"좋다. 네 말이 틀림없다면 네가 원하는 무기를 주겠다. 하니 말해봐라. 천마도의 비밀을, 천마총은 어디에 있는 것이냐?"

"약속하신 겁니다."

풍월은 다시 한번 다짐을 받고자 했다.

"패천마궁의 궁주로서 한 말이다. 본좌의 말에 희언(戲言—실없는 농담 같은 말)은 없다. 말장난은 그만두고 어서 말해라."

독고유가 풍월을 재촉했다.

"지금 당장은 알지 못합니다."

나름 평정심을 유지하고 있던 독고유가 풍월의 농담 같지도 않은 말에 폭발을 하고 말았다.

"네놈이 나랑 농을 하자는 것이냐!"

독고유가 화를 참지 못하고 탁자를 내려치며 벌떡 일어섰다.

전신에서 뿜어져 나오는 기운에 전각이 들썩였다.

독고유의 살기가 심상치 않다고 여긴 순후가 재빨리 끼어들었다.

"궁주님, 잠시 진정을 하시지요."

"군사는 빠져라."

독고유가 노한 목소리로 외쳤으나 순후는 물러서지 않고 빠르게 말을 이어갔다.

"전령이 전한 소식엔 다른 내용은 없었습니다. 오직 '성공했다'라는 말만 전했을 뿐. 방금 전, 이 친구는 천마도의 비밀을 푼 자는 따로 있다 했습니다. 그리고 그자는 아직 천마도의 비밀을 전하지 않았습니다. 내 말이 맞나?"

순후가 당장 자신의 말에 동의하라는 듯 매섭게 눈을 부라렸다.

맹수와도 같은 독고유의 눈빛에 비하면 위협감을 전혀 느낄 수 없는 시선이었지만 정확히 핵심을 짚었기에 순순히 고개를 끄덕였다.

"맞습니다."

풍월이 아직도 노한 눈빛으로 자신을 쏘아보는 독고유에게 답답하단 표정으로 말했다.

"당연하지 않습니까? 그런 중요한 비밀을 어떻게 한낱 전령을 통해 전할 수 있습니까? 더구나 다른 곳도 아니고 패천마궁으로 보내는 전령에게."

"흠, 애당초 그렇게 말을 하면 될 것을……."

자신이 다소 성급했다는 것을 인정하기 싫었던 독고유는 그 책임 또한 풍월에게 돌렸다.

"자네의 말을 의심하는 것은 아니나 그래도 신빙성을 높이기 위해서라도 이제 누가 풀었는지 말을 해주게."

"군사께서 한번 추측해 보시지요. 천하에 천마도의 비밀을 풀 수 있는 곳이 그리 많지 않을 것 같습니다만."

풍월이 웃으며 말했다.

순후는 풍월이 자신을 시험하는 것 같아 기분이 좋지는 않았지만 내색하지 않고 머리를 굴리기 시작했다.

독고유는 그냥 묻고 대답하면 될 것을 쓸데없는 짓을 하고 있다는 듯 못마땅한 얼굴로 두 사람을 바라보았다. 그렇다고 굳이 판을 깨지는 않았다.

살짝 고개를 숙인 채 한참 동안이나 심각한 표정으로 생각에 잠겼던 순후가 번쩍 고개를 들었다.

풍월을 응시하는 그의 동공이 그 어느 때보다 크게 흔들렸다.

"자네 지금 무슨 짓을 하려는 건가?"

"예? 무슨 짓이라뇨?"

풍월이 어깨를 들썩이며 반문했다.

순후의 입에서 나온 질문이 그의 예상을 한참이나 벗어난 것이기에 약간은 당황한 것 같기도 했다.

"시치미 떼지 말고 말해보게. 천마도를 가지고 대체 어떤 그림을 그리고 있느냐는 말일세."

"……."

풍월이 놀란 눈으로 입을 떼지 못하자 독고유가 참지 못하고 물었다.

"분명 오간 대화와 질문은 천마도의 비밀을 누가 풀었느냐는 것이었다. 한데 난데없는 그림 타령이 웬 말이냐?"

순후는 여전히 침묵 중인 풍월을 힐끗 바라본 후 입을 열었다.

"은혼의 보고에 의하면 이 친구가 은혼을 배제하고 개방의 후개와 따로 움직인 적이 있습니다. 추측컨대 천마도의 비밀을 풀어줄 사람을 만나기 위함이라 여겨집니다. 기간은 대략 일주일 전후, 악양에서 왕복 일주일 거리에 있는 가문과 문파, 세력, 혹은 천마도의 비밀을 풀어낼 수 있을 정도로 뛰어난 지략이나 학식을 지닌 인물을 떠올려 봤을 때 후보는 급격히 좁혀집니다."

"누구냐, 그자들이?"

독고유가 빠르게 물었다.

"우선 첫손에 꼽을 수 있는 것은 제갈세가입니다."

제갈세가라는 이름에 독고유의 고개가 절로 끄덕여졌다. 오로지 머리 하나로 사대세가와 어깨를 나란히 할 수 있는 제갈세가는 그야말로 최적의 후보였다.

"신뇌보, 일월장도 뛰어난 지략을 지닌 곳입니다. 또한 한때 황궁의 태사(太師)로서 명성을 날렸던 이좌라는 자도 있습니다. 강남 유림(儒林)의 거두 마남자도 후보 중 한 명입니다."

"그래서, 네 결론은 뭐냐?"

"애당초 답은 나와 있습니다. 다들 뛰어난 지식과 지혜를 지니고는 있지만 천마도의 비밀을 풀어낼 곳은 오직 제갈세가뿐입니다. 악양과 제갈세가가 위치한 남창과의 거리를 놓고 보았을 때도 그렇고요."

"본좌의 생각도 같다. 맞느냐?"

독고유가 풍월에게 물었다.

"맞습니다."

풍월은 굳이 부인하지 않았다.

"한데 군사, 아까 그 말은 무엇이냐? 녀석이 무슨 그림을 그리고 있다고 한 것 같은데?"

"정확하지는 않습니다만 그 또한 추측되는 바가 있습니다."

"말해봐라."

순후가 풍월을 힐끗 바라봤다.

풍월은 순후가 과연 어떤 대답을 할 것인지 흥미진진한 얼굴로 응시하고 있었다.

사실 제갈세가를 추론하기는 그다지 어려운 일은 아니었다.

애당초 무림인들 사이에 천마도의 비밀을 풀 가능성이 가장 높은 곳으로 제갈세가가 꼽혔으니까.

하지만 순후가 그 이면에 있는 속사정까지 눈치챌 수 있을지 무척이나 궁금했다.

"얼마 전, 제갈세가의 이름이 갑자기 중원을 뒤흔들었습니다. 보고를 드렸습니다만 기억나십니까?"

"그래, 장강의 수재민들을 위해 상상도 할 수 없는 거액을 내놓았다고."

독고유가 기억을 더듬으며 고개를 끄덕였다.

"예, 장강의 범람으로 발생한 수재민 수십만을 한시적이나마 먹여 살릴 수 있는 액수였습니다. 누가 보더라도 경악할 정도로 놀랍고 무리한 액수였지요. 그 돈을 마련하기 위해서 제갈세가가 이곳저곳에서 엄청난 액수를 차용했다는 소문이 돌았고 조사 결과 사실로 드러났습니다."

"기억난다. 본좌가 그런 결정을 한 제갈세가의 가주에게 미친놈이 아니면 천하를 뒤흔들 효웅이라고 했던 것이."

"당시 묵영단에서의 분석은 후자였습니다. 궁주님 말씀대로 효웅까지는 아니더라도 제갈세가가 그토록 무리하게 돈을 들인 이유가 세상의 인심을 얻기 위함이며, 사대세가의 틀을 무너뜨리고 오대세가로 올라서려 하는 것이라고요."

독고유가 동의한다는 듯 크게 고개를 끄덕였다.

"그 이유가 아니면 납득이 되지 않으니까."

"하지만 제갈세가의 행동에 천마도, 그리고 저 친구와 후개의 행보를 연계하면 전혀 상상도 할 수 없는 그림이 그려집니다."

"어서."

독고유가 답답한 표정으로 손짓했다.

"은혼에 의하면 가짜 천마도의 사건에 동분서주하던 후개가 갑자기 악양에 나타난 이유는 수재민들을 돕기 위해 부유한 상단, 세가에 지원금을 얻기 위함이라 했습니다. 이 사실을 바탕으로 이야기를 구성해 보면."

잠시 말을 멈춘 순후가 숨을 고르며 말을 이었다.

"지금부터는 제 추측입니다. 돈을 구하기 위해 동분서주하던 후개가 저 친구와 함께 제갈세가로 향합니다. 그리고 제갈세가는 느닷없이 엄청난 자금을 들여 수재민을 돕습니다. 그리고 오늘, 개방의 전령을 통해 천마도의 비밀이 풀렸다는 소식이 전해졌습니다. 이는 곧 풍 공자가 천마도를 제갈세가에 주었다는 것과 제갈세가가 그 대가로 엄청난 액수를 들여 수재민을 구했다는 것을 반증하는 것이지요. 맞나?"

"비슷합니다."

"비슷… 하다? 재밌군. 그런데 어째서 제갈세가는 자네에게 천마도의 비밀을 푼 사실을 알렸을까? 더구나 제갈세가가 아닌 개방의 전령을 통해서. 이는 개방, 정확히는 후개로 해야겠군. 그 또한 천마도의 비밀이 풀렸다는 것을 안다는 것인데 도대체 왜? 천마도를 얻기 위해 그 많은 돈을 지불했으면서 어째서 비밀을 공유하는 것일까? 도저히 이해가 되지 않았네."

"비밀을 풀었을 때 그것을 공유하는 것 또한 대가가 아니었겠느냐?"

고개를 갸웃거리며 집중하던 독고유가 의견을 내놓았다.

"처음엔 그렇게 생각했습니다만 결정적으로 한 가지가 걸립니다."

"무엇이냐?"

"저 친구는 궁주님께 천마도의 비밀을 가지고 거래를 하려고 했습니다. 제갈세가의 입장에선 백 번을 양보해도 용납할 수 없는 일입니다."

"그렇군. 놈들이 미치지 않고서야 우리에게 비밀이 알려지는 건 원하지 않겠지."

독고유가 풍월에게 매서운 눈빛을 보냈다.

"이제 네가 설명을 해야 할 것 같다만."

"그전에 군사께서 최종적인 결론을 내리지 않았습니다. 우선 듣고 싶네요. 그래서, 군사께서 내리신 결론은 뭡니까?"

살얼음판을 걷는 듯한 분위기와는 달리 순후에게 질문을

돌리는 풍월의 음성은 무척이나 유쾌했다.

“내가 내린 결론은 이렇네. 자네는 지금 천마도라는 보물을 가지고 제갈세가와 개방을 끌어들여 말도 안 되는 도박판을 벌였네. 전 무림을 상대로. 아닌가?”

확신에 찬 눈빛과 단호한 음성에 풍월은 자신도 모르게 박수를 쳤다.

“대단하네요. 정말 대단합니다. 고작 몇 가지 정보를 가지고 저희들의 계획을 완벽하게 꿰뚫어 보시다니요. 과연 패천마궁의 군사답습니다.”

“저, 정말이었군. 세상에! 이, 이런 말도 안 되는 추측이 사실이라니.”

자신이 모든 것을 밝혀냈음에도 마음속으로는 설마를 수십, 수백 번 외쳤던 순후는 오히려 넋이 나간 표정을 지었다.

“이유가 뭔가? 이런 말도 안 되는 일을 벌이는 진짜 이유를 말해보게.”

간신히 정신을 차린 순후가 물었다.

“별거 아닙니다. 첫째는 형님이 별 시답잖은 인간들에게 손을 벌리는 꼴이 영 보기 싫었고요. 둘째는, 가짜 천마도로 인해 무림이 혼란해지는 것도 보기 싫었습니다. 특히 천마도를 가지고 장난을 치는 놈들에게 한 방 먹이고 싶었지요.”

“암중 세력?”

"예, 놈들이 제가 천마도를 가지고 있다는 소문까지 푼 것 같더라고요. 그로 인해 얼마나 귀찮아질지 상상도 하기 싫었습니다. 마지막으로 이제는 해결해야 할 때가 되지 않았나 싶기도 해서요. 전설이고 나발이고 세상에 확 까발리고 싶었습니다."

독고유와 순후는 풍월의 설명을 들으며 몇 번이나 안색을 바꿔야 했다. 천하에 누가 천마도를 이리 취급할 수 있을지 상상조차 되지 않았다.

"한데 도박판을 벌였다는 건 무슨 의미냐? 아니, 무엇보다 제갈세가의 그 비용은……."

독고유가 그 안에 담기 내용을 이해하고자 눈살을 찌푸리자 풍월이 크게 웃었다.

"그 귀한 보물의 비밀을 공짜로 까발릴 수는 없지 않겠습니까? 수재민을 돕기 위해 들어간 돈이 있는데."

"응? 그게 무슨 뜻이냐?"

독고유가 이해할 수 없다는 표정을 짓자 순후가 한숨을 내쉬며 말했다.

"팔겠다는 겁니다, 천마도의 비밀을. 그것도 전 무림에."

순간 독고유의 입이 쩍 벌어졌다.

"사, 사실이냐?"

"예."

"어, 얼마에 판다는 것이냐?"

얼떨결에 가격을 묻는 독고유, 패천마궁의 궁주라는 체면 따위는 예전에 사라졌다.

"제갈세가에서 들인 돈을 파악하지 못해 아직 확정을 짓지는 못했습니다만 일전에 대충 한 문파나 세가 등에는 황금 천 냥, 개인에겐 오십 냥 정도 받는 것으로 의견을 교환했습니다."

"하면 천마도의 비밀을 알려주는 대가로 네가 무기를 달라는 것은……."

"패천마궁엔 돈을 받지 않겠다는 것을 의미합니다."

풍월은 독고유와 순후가 딴생각을 할 수 없도록 빠르게 말을 이었다.

"패천마궁에 책정된 액수는 황금 삼만 냥이었습니다. 저쪽에도 정무련이 아니라 각 문파와 세가의 이름으로 걷을 생각이었으니 패천마궁 또한 패천마궁이 아니라 구문칠가일방일루의 이름으로 각자 돈을 냈어야 합니다. 그걸 퉁 치겠다는 거지요. 제게 그 무기를 주시면."

풍월은 마치 자신이 큰 손해를 보고 있다는 듯 말했다.

"아, 어쩌면 지금 이 순간, 개방의 전령들이 전 무림을 휘젓고 다닐지도 모르겠습니다. 천마도의 비밀이 풀렸다고 말이지요."

"그리고 그 비밀을 알려면 돈을 내놓으라는 말도 전하겠지."

순후가 실소를 지으며 말했다.

"맞습니다. 한 가지 더 말씀드리자면 천마도의 비밀이 세상에 공개되는 날은……."

독고유가 풍월의 말을 가로챘다.

"화평연."

"눈치채셨습니까?"

"노부는 바보가 아니다."

말은 그리하면서도 이상하게 목소리에 힘이 없었다.

"그나저나 아직 답을 주지 않으셨습니다. 천마도의 비밀을 사시겠습니까?"

잠시 침묵하던 독고유가 무심히 물었다.

"삼만 냥이라고 했던가?"

풍월의 표정이 미미하게 변했다. 하지만 이내 평정심을 회복하며 말했다.

"그건 과거에 임시로 책정했던 액수였지요. 지금은 조건이 달라졌습니다."

"무기더냐?"

원하는 물음에 풍월이 씨익 웃었다.

"물론입니다."

"정말 후회하실 겁니다."

풍월이 우거지상으로 자리를 떴다.

당연히 받아들일 것이라 여기며 자신만만하게 거래를 제안했건만 독고유가 자신의 제안을 일언지하에 거절해 버린 것이다.

풍월의 기척이 완전히 사라진 후, 순후가 조심히 물었다.

"회수할까요?"

"제갈세가다. 전 무림의 이목이 쏠려 있을 것이고. 자신 있느냐?"

"사귀대를 은밀히 움직이면 가능하리라 봅니다."

순후의 장담과는 달리 독고유는 회의적이었다.

"글쎄, 사귀대라고 해도 가능할지 모르겠다. 그 어떤 세력보다 공략하기 힘든 곳이 바로 제갈세가라고 했다."

"제갈세가를 보호하고 있는 온갖 기관매복과 기문진 때문에 그렇습니다. 하지만 제가 직접 움직인다면……."

"불가. 제갈세가에 사귀대를 보내면 정무련과 다시 전쟁을 하자는 소리다. 뭐, 그렇다고 해도 두려울 것은 없으나 암중세력이 영 마음에 걸려. 자칫 놈들에게 어부지리를 줄 수가 있다."

"죄송합니다."

순후가 고개를 숙였다.

동원할 수 있는 거의 모든 요원들을 투입하여 암중 세력을 쫓았지만 아직까지 별다른 소득이 없었다. 자신이 패천마궁의 군사가 된 후, 이처럼 완벽하게 실패를 한 것은 처음이었다.

"전 무림의 이목을 속이고 지금껏 힘을 키워온 놈들이다. 작심하고 몸을 숨기면 솔직히 찾아내기가 쉽지 않을 것이야."

"반드시 찾아낼 것입니다."

순후가 힘주어 말했다. 독고유가 아닌 자기 스스로에게 하는 다짐이었다.

"그래, 믿고 있겠다."

독고유가 다소 기운이 빠진 순후의 어깨를 두드리며 격려했다. 일전엔 크게 역정을 내기도 했지만 순후 정도 되는 인물이 그토록 심혈을 기울였음에도 실패를 했다면 그만큼 암중 세력의 움직임이 교묘하다는 것. 단순히 화를 내고 다그친다고 될 일이 아니라 여긴 것이다.

"하오면 천마도의 일은 어찌 처리하실 생각입니까? 저 친구의 성정상 삼만 냥을 준비한다고 해도 심술을 부릴 것이 뻔합니다."

"흥! 삼만 냥은 무슨. 거짓말이다."

"예?"

"내 다른 것은 보지 못했지만 삼만 냥을 말할 때 놈의 눈빛이 흔들리는 것을 보았다. 혹시라도 돈으로 비밀을 살까 봐 두려웠겠지. 해서 엄두도 나지 않는 액수를 들이민 것이야."

"하지만 그는 정무련이 아니라 각 문파와 세가에 따로 돈을 걷는다 하였습니다. 그것이 확실하다면 본궁 역시 구문칠가일방일루의 이름으로 각자 돈을……."

독고유가 혀를 차며 순후의 말을 잘랐다.

"중요한 것을 간과하고 있구나. 구대문파나 사대세가가 천마도의 비밀을 얻는다고 그것이 곧 정무련의 것이 되는 것은 아니다. 하지만 본궁은 다르지. 누가 천마도의 비밀을 얻든 어차피 본좌의 손에 들어온다. 자신의 소유가 될 수 없는 것이 뻔한데 돈을 낼 바보가 있더냐? 놈도 그것을 모르지는 않을게다. 물론 다른 곳보다 많은 돈을 요구할 수는 있겠지만 삼만냥? 어림없는 소리지."

독고유의 설명에 순후는 자신이 천마도의 비밀에 너무 집착했음을 알고 얼굴을 붉혔다.

"부끄럽습니다."

"부끄러워할 것 없다. 놈의 거짓말에 잠시 넘어간 것뿐이야. 녀석의 말대로 군사는 고작 몇 가지 단서를 가지고 놈들이 그린 그림을 파악하지 않았더냐? 본좌는 놈이 그런 미친 짓을 할 것이라곤 정말 상상도 하지 못했다."

"운 좋게도 얼개가 맞춰졌을 뿐입니다."

"그것도 능력이다. 아무튼 군산으로 출발할 때 놈이 원하는 무기나 챙겨둬라."

"거래에 응하시는 겁니까?"

순후가 반색하며 물었다.

"해야지."

"한데 어째서 그냥 보내신 건지요?"

"괘씸해서 그랬다."

입술을 삐죽이는 독고유의 표정은 누가 보더라도 심술 맞은 노인네의 표정이었다.

"군사 말마따나 놈이 심술을 부리면 꽤나 귀찮아진다. 아, 미리 언질을 해놔. 천마도의 비밀이 무엇인지 제대로 확인이 되면 원하는 무기를 준다고. 괜히 이상한 짓을 할까 겁나니까."

* * *

화평연을 코앞에 둔 지금 무림이 들끓고 있었다.

과거에도 그랬다.

화평연이 벌어지기 수개월 전부터 끝난 후 수개월 동안은 화평연의 광풍이 전 무림을 휩쓸었다.

화평연이 가까워지면 사람들은 비무 대회에 나서는 양측

후기지수들의 면면을 확인하고 과연 승부가 어찌 될지 온갖 억측과 예측을 떠들어댔다.

비무 대회가 끝난 뒤에도 사마세가에서 무림인명부를 토대로 비무 대회에서 쌓인 원한들이 무차별적으로 표출되었다. 이유야 무림인명부에 적힌 순위에 대한 조정이라 다들 둘러댔지만 그것이 화평연의 연장선상에 있다는 것을 모르는 사람은 아무도 없었다. 물론 최근 들어 목숨까지 걸고 격렬하게 충돌하는 빈도수는 줄어들기는 했어도 사람들의 관심은 여전했다.

그만큼 십 년마다 한 번씩 열리는 화평연은 무림에 큰 화제를 불러왔다.

한데 이번엔 조금 달랐다.

예전에 비해 훨씬 더 화제를 불러 모으고 있는 것은 틀림없지만 그 주제가 달랐다.

화평연도 화평연이었지만 언제부터인지 화평연에서 천마도의 비밀이 공개된다는 묘한 소문이 퍼지기 시작한 것이다.

다들 쓸데없는 소문이라 폄하할 때 개방과 제갈세가가 소문이 결코 거짓이 아님을 느닷없이 공표해 버렸다.

개방과 제갈세가가 세상에 공표한 내용은 다음과 같았다.

첫째, 화평연이 끝난 후 천마도의 원본과 함께 그 비밀을 공개

한다.

둘째, 천마도의 비밀을 확인하고 싶은 문파나 가문, 세력 등은 황금 일천 냥을 지불해야 한다. 개인적인 참여를 원하는 자는 황금 오십 냥을 준비한다.

셋째, 천마총의 탐사는 한날한시에 시작한다.

처음 천마도의 비밀이 풀렸으며, 그것을 모두에게 공개한다는 말에 열광했던 이들은 비밀을 알려면 황금 일천 냥을 준비하라는 말에 천마도를 가지고 장삿속을 드러냈다며 개방과 제갈세가에 엄청난 비난을 퍼붓기 시작했다.

하지만 그 돈이 지난날, 장강의 수재민을 돕기 위해 제갈세가에서 각처에 빌린 돈을 갚기 위함이며, 남는 돈 또한 가난한 이들을 위해 쓰인다는 말에 불만은 금방 사그라들었다. 내심 불만이 있다 해도 그걸 겉으로 드러낼 만큼 어리석은 사람들은 없었다.

무림이 발칵 뒤집혔다. 개방과 제갈세가로부터 불기 시작한 바람은 그야말로 광풍이 되어 무림 전역을 휩쓸기 시작했다.

"놈이 아주 재밌는 짓을 벌였구나."

개천회 장로 한소가 흥미로운 표정으로 보고서를 내려놓자 마정이 불만 어린 얼굴로 말했다.

"그러게 진작에 천마도를 회수했어야 합니다. 제때에 회수를 하지 못해 이런 난리가 난 거 아닙니까."

답답해하는 마정을 보며 한수가 너털웃음을 흘렸다.

"이놈아. 애당초 일을 제대로 처리했으면 네가 총순찰에서 쫓겨날 일도 없었고, 놈이 천마도를 가지고 장난을 칠 수도 없었을 게다. 네 녀석의 실수를 누구에게 덮어씌우려는 것이냐?"

"매혼루의 일이야 제가 놈의 실력을 제대로 파악하지 못했다고 쳐도 대화상회의 일은 솔직히 억울합니다. 놈이 대화상회를 공격할 줄 누가 예측을 할 수 있었겠습니까?"

마정이 억울함을 토로했다.

"결과론이 아니겠느냐? 네가 매혼루와 놈을 제대로 엮어 처리했다면 대화상회가 공격을 받을 일도 없었으니까. 뭐, 이해는 한다. 이 사부도 놈이 매혼루와 손을 잡고 귀살곡을 날려 버릴 줄은 몰랐다. 특히 혈우야괴가 매혼루의 애송이 따위에게 그리 쉽게 당할 줄은 전혀 상상도 못했고."

"해서 놈을 잡기 위해 계획을 세웠습니다. 놈에게 진짜 천마도가 있다는 소문을 퍼뜨리고 놈을 몰아세울 준비를 완벽하게 끝냈단 말입니다. 한데 하필이면 그때……."

마정이 이를 부득 갈더니 땅이 꺼져라 한숨을 내쉬었다.

소문을 듣고 악양으로 몰려드는 군웅들을 선동하여 풍월

을 공격할 만반의 준비를 갖추었건만 갑자기 위에서 그를 소환했다. 그러고는 지난 몇 번의 실책을 이유 삼아 총순찰의 지위를 박탈했다.

마정이 세운 계획 또한 백지화가 되고 말았는데 개방과 패천마궁에서 개천회를 찾기 위해 정보망을 총동원하는 상황에서 자칫 정체를 노출시킬 수 있다는 판단 때문이었다.

"쯧쯧, 꼬라지 하고는. 걱정하지 마라. 하나뿐인 제자 놈을 방구석에 처박아둘 정도로 이 사부가 능력이 없지는 않으니까. 조금만 참고 기다리면 다시 부를 터이니 믿고 기다리거라."

풀이 죽은 마정의 머리를 가볍게 쓰다듬은 한소가 보고서를 챙기며 일어섰다.

"어디 가십니까?"

"장로 회의가 있지 않더냐. 하! 생각지도 못한 보고서 때문에 회의 시간이 제법 길어지겠어."

귀찮아하는 음성과는 달리 한소의 눈빛은 반짝반짝 빛나고 있었다.

"…이로 인해 전 무림의 이목이 화평연에 쏠렸다고 해도 과언은 아닙니다. 아직 시간이 남았음에도 사람들이 벌써부터 군산으로 몰려들고 있다고 합니다."

한소의 설명에 상석에 앉아 있던 부회주 무위가 실소를 내뱉었다.

"허허! 그렇잖아도 좁은 군산이 제대로 미어터지겠군."

"정무련에서 조만간 어떤 제한을 할 모양입니다."

"당연하겠지. 이런 상황이 지속되면 정작 참가를 해야 하는 이들이 들어가지 못하는 일이 벌어질 테니. 한데 이보게, 문상."

무위의 부름에 말석에 앉아 있던 중년인, 사마조가 공손히 대답했다.

"예, 부회주님."

비록 말석에 앉아 있었지만 문상 사마조의 지위는 부회주 못지않았다.

어찌 보면 무위를 포함하여 중원 각지에 흩어져 있는 네 명의 부회주보다 개천회에서의 지위나 발언권은 더 강력하다 할 수 있었다.

지금껏 회의를 이끌어간 사람도 부회주가 아니라 바로 그였다.

"저쪽에서 천마도의 비밀을 풀었다는데 어찌 생각하나?"

"아마 사실일 것입니다. 제갈세가의 능력을 감안했을 때 충분히 가능성이 있습니다."

사마조의 곁에 앉아 있던 구장로 육잠이 껄껄 웃었다.

"허허허! 당연히 사실이겠지요. 설마하니 개방과 제갈세가가 전 무림을 상대로 사기를 치겠습니까?"

"아무래도 그렇겠지. 한데 일이 이렇게 된 이상 계획을 수정해야 한다고 보는데 어찌 생각하나?"

부회주가 문상에게 다시 물었다.

"차라리 잘되었습니다. 회주님을 비롯해서 원로들께서 강행을 명하셨지만 사실 이번 거사는 다소 무리가 있었습니다. 성공을 장담할 수도 없고 성공을 한다고 해도 핵심 인물을 얼마나 제거할 수 있는지 단언할 수도 없었지요. 게다가 자칫하면 구황야를 다치게 할 수도 있었습니다."

"구황야라. 정말 지겹군. 그 작자의 이름을 대체 얼마나 들어야 하는 것인지 모르겠어. 솔직히 같이 날려 버려도 상관없지 않을까?"

육잠이 신경질적으로 소리쳤다.

사마조가 쓴웃음을 지으며 고개를 저었다.

"황실에서도 내놓은 인물이라지만 어쨌든 황족입니다. 황족이 무림인들에게 다치거나 목숨을 잃는다면 감당키 힘든 일이 벌어집니다."

"그러니까 황궁에나 처박혀 있을 것이지 제놈이 뭘 안다고 무림인들의 행사에 끼어들고 지랄이냐고. 살만 뒤룩뒤룩 찐 병신 같은 새끼가!"

육잠이 씩씩거리며 육두문자를 내뱉었다.

"진정하시지요. 평소에 이쪽에 관심이 많다고 들었습니다. 무림인들과 친교도 넓고."

사마조가 웃음으로 육잠을 달래며 말을 이었다.

"회주님께 정식으로 보고를 드리겠지만 어쨌거나 화평연에 실시하려 했던 거사는 잠정적으로 중단하는 것이 좋겠습니다. 아, 사신각의 살수들은 이미 군산에 잠입을 한 상태지요?"

질문을 받은 한소가 고개를 끄덕였다.

"그렇지. 이미 보름 전에 잠입에 성공했네. 사람들의 이목이 쏠리기 전에 미리 움직여야 했으니까."

"철수를 하는 것이 좋겠습니다."

"알았네. 사신각 각주에게 그리 전갈토록 하지."

한소의 말에 사마조가 그를 향해 살짝 고개를 숙였다.

"부탁드리겠습니다."

"쯧쯧, 힘들게 구한 벽력탄이 무용지물이 되겠어."

"아니요, 잘 보관해 두라고 하십시오. 벽력탄은 따로 쓸 곳이 있으니까요."

사마조의 웃음에 멈칫한 한소가 장로들의 눈치를 슬쩍 살피며 물었다.

"설마 천마총을 다시 열려는 것인가?"

부회주를 비롯하여 모든 장로들의 표정이 일시에 굳었다. 오직 사마조만이 담담한 신색을 유지했다.

"열어야 하지 않겠습니까?"

『검선마도』 6권에 계속…